Déshabille-toi !

Emmanuelle Gaume

Déshabille-toi !

roman

PLON

ISBN : 2-259-20394-9

À ma mère.
À ceux que j'aime.

Les plongeons rentrés
laissent parfois d'étranges courbatures.

Albert CAMUS, *La Chute.*

Prélude

Je suis sculpteur. Je ne peux pas dire « sculptrice », les noms en « trice » me font mal aux tympans. Comme le bruit d'une craie blanche qui crisse sur un tableau noir. Personne ne peut supporter un son pareil, moi non plus.

Je suis sculpteur donc et je suis célèbre dans le monde entier grâce à mon oncle Gérard, un grand galeriste genevois. Il s'est occupé de moi dès le début de ma carrière. J'avais quinze ans, j'étais très jolie et déjà très obsédée par les corps nus. J'aime les gens nus. Je suis en guerre contre les vêtements. Je trouve impossible qu'une fille s'estime plus jolie habillée que nue. Aucun corps nu laid n'est plus beau habillé.

Tenez, regardez cette fille qui passe là, elle a un très gros cul moulé dans une sorte de treillis tendance, qui porte l'inscription « Tentation » en rouge, juste au-dessus de ses fesses. Ça les transforme en objet prêt à se faire culbuter par le premier venu ! Pourtant, je suis certaine qu'elle a un adorable gros derrière, de ceux qui rendaient

Renoir dingue, et qu'elle rêve, non pas de se le faire fourrer, mais de l'offrir à un prince charmant.

C'est pour ça que je déteste les fringues, elles mentent.

Moi, je

Cela fait vingt ans que je déshabille mes modèles, amants, maîtresses, connus, inconnus. J'ai commencé à sculpter mes premiers nus à l'âge de douze ans. D'abord mon petit copain de l'époque, moyennant finance, et ensuite mes copines du cours de danse. Elles étaient si faciles à déshabiller ! Les danseuses adorent qu'on les adore, et puis elles passent quand même le plus clair de leur temps presque nues. Je sais de quoi je parle, j'ai fait de la danse classique pendant dix ans et ma mère est une ancienne danseuse du Crady Chose Saloon. Question fringues au Crady, on est très minimaliste ! Dans les cours de danse classique aussi. Une paire de collants, un justaucorps, des chaussons, un chignon et voilà que les corps se révèlent. On voit tout se dessiner sous un justaucorps : les sillons des côtes sur les flancs, le bout des seins, le nombril, les pubis en forme de colline. Après les cours de danse, il y a la douche où parfaire l'exploration des contours et des détails.

Les danseuses n'ont pas des corps parfaits, loin de là. Ils sont pleins de creux et de bosses, mais elles s'en moquent car leur corps est utile à leur bonheur. Les pieds déformés et les mollets musclés servent à défier les lois de la pesanteur, à voler, virevolter, à réaliser quelque chose d'extraordinaire qui les sort de leur quotidien et divertit les amateurs. Elles ont raison d'être fières de pouvoir exécuter tous ces mouvements qui n'appartiennent qu'à elles : pied dans la main, grand écart, sauts de chat, fouettés, arabesques.

Au début de chaque séance de pose, je leur proposais d'esquisser des mouvements de danse, pour leur faire plaisir. Une fois leur confiance gagnée, par la grâce du compliment, je les invitais juste à s'asseoir ou se coucher. Une arabesque c'est beau, mais une danseuse au repos, nue, c'est sublime. Pour leur prouver que je disais vrai, j'attaquais tout de suite une ébauche en glaise, un petit format d'elle-même pour achever de les convaincre de venir poser régulièrement.

C'est comme ça que j'ai découvert, très tôt, que j'aimais aussi les filles. Bisous à douze ans, caresses à treize, câlins à quatorze et pour la première fois l'amour avec une femme à dix-sept ans. Une danseuse elle aussi, mais seins nus. Elle faisait partie d'une compagnie de danse d'un cabaret qui se produisait l'été sur l'un des bateaux croisières du lac Léman. C'était l'été 1984, pendant le festival du film francophone. On projetait *La Pirate* de Jaques Doillon, et toute l'équipe du film fut invitée, après la projection, à un dîner sur le bateau. En ce temps-là, mon prince charmant était aussi le rejeton du directeur du festival, ce qui nous autorisait à participer aux soirées. Voilà comment je me suis retrouvée à mater des danseuses aux seins nus et surtout elle, Éléna.

Éléna

Éléna représentait l'antithèse parfaite de Jane Birkin dans *La Pirate* : elle avait une poitrine énorme ! Elle était très mate de peau et devait avoir dans les trente ans. En entrant sur scène, elle a planté ses yeux dans les miens et m'a allumée pendant tout le spectacle. Deux heures plus tard, elle m'offrait une cigarette au bar et m'invitait à la retrouver le soir même à son hôtel. Cette fille était si excitée à l'idée de me posséder que j'en étais hypnotisée. J'ai abandonné mon amoureux afin de la rejoindre.

Elle m'a fait passer une des plus belles nuits de ma vie ! Une nuit volée à tous ceux qui m'attendaient dehors : mon homme et mes parents affolés, qui m'avaient cherchée partout. Je savais que cette escapade lesbienne allait créer un vent de panique, mais je m'en fichais. Éléna avait entrepris de me lécher le corps comme une chatte son chaton et j'étais tout entière dans ses yeux, sa bouche et ses mots d'amour.

Au petit matin, j'étais amoureuse d'Éléna. Elle était de passage à Évian, il fallait que je fasse vite pour l'immortaliser dans la glaise. Je l'ai suppliée de venir le jour même chez moi.

Je me souviendrai toute ma vie de la tête de mon père lorsqu'il m'a vue débarquer avec mon trophée ! Il s'était préparé à me passer le savon du siècle, mais a perdu tout sens pédagogique en plongeant les yeux dans le décolleté de mon allumeuse. Quant à ma mère, sa colère s'est noyée dans une vague de jalousie qui l'a submergée et lui a fait tourner les talons, ordonnant à mon père de la suivre « im-mé-dia-te-ment ! ». Mon Jules est resté planté au milieu du salon, sidéré. Les hommes ne s'attendent jamais à se faire voler leur femme par une autre femme. Finalement il a pris son casque de moto, s'est planqué dedans et il s'est sauvé comme un voleur, cocu. Franchement, moi ça m'a étonnée qu'ils aient compris au premier regard que leur a jeté Éléna. J'étais vraiment fière d'elle !

Dans mon atelier, elle a découvert mon univers de glaise, de pierre et de ferraille, mes petits ados nus, mes danseuses endormies, alanguies, ça l'a mise dans tous ses états. Elle allait de sculpture en sculpture, caressant les visages, les cuisses, les dos. En arrivant à ma hauteur, elle a pris mon visage dans ses mains et m'a roulé le patin de ma vie, puis elle m'a roulée tout court sur le lit et m'a dévorée à sa façon.

Éléna repartait deux jours plus tard, j'avais peu de temps pour la sculpter. Nous nous sommes mises au travail immédiatement après l'amour. J'étais en feu, il fallait apaiser mon désir, alors je l'ai couchée sur le dos, j'ai pris un bloc de glaise glacée et l'ai modelée comme si elle était morte.

Éléna accepta d'être ma première défunte. J'ai figé dans la glaise tous les modèles d'hommes ou de femmes qui m'ont séduite trop vite, presque violemment. Dix-sept pétrifications, toutes des pièces uniques, je n'en ai pas gardé une seule.

J'ai commencé à boire le jour où Éléna m'a quittée. Ça m'a rendue dingue qu'elle m'allume, me fasse bouillir comme une cocotte et me plaque les fesses sur le feu. Elle allait continuer sa vie de montreuse de seins sans plus jamais penser à moi ? Elle allait m'oublier, en aimer d'autres en chemin, ne plus jamais revenir ? Impossible. J'ai tellement pleuré... que j'ai failli m'en étouffer ! En partant, elle m'avait dit : « Pleure pas, chaton, il ne faut pas m'aimer. Je m'en vais tout le temps, je ne sais pas faire autrement. Tu es jeune, tu as du talent, tu as la vie devant toi ! C'est pas si grave... »

La garce ! Après m'avoir révélé les plaisirs déments du sexe entre filles, voilà qu'elle s'était mise à me parler comme à un nourrisson. Plus je descendais la bouteille de muscat que j'avais trouvée dans le frigo de l'atelier, et qui me servait habituellement à offrir un verre à mes petits modèles, plus je me mettais en colère contre elle, plus je la haïssais, plus je buvais. À la dernière gorgée, tellement sucrée, tellement écœurante, je suis tombée comme une mouche.

J'ai repris connaissance au petit matin, dans une mare de raisins confits. Ça puait tellement que je n'avais plus du tout envie d'Éléna. Il a fallu nettoyer. Franchement, cette histoire devenait de moins en moins romantique. J'avais tellement mal au crâne que j'en oubliais tous les plaisirs et les tourments qu'Éléna avait imposés à mon corps consentant. Son corps à elle était là, sculpté dans la glaise, gisant sur le sol de mon atelier. La codéine commençait à me rendre la vue, j'ai souri en la voyant ainsi, toute grise. J'ai tapoté ses lèvres froides du bout de mes doigts, elles commençaient à durcir. Son corps humide était glacé. À vue de nez, Éléna faisait un mètre soixante-cinq. Elle mettrait au moins un mois à sécher. Même figée elle était belle à se damner.

Voilà à quoi je pensais, lorsque Jules fit irruption dans l'atelier. Avant même qu'il ait eu le temps d'ouvrir la bouche, je lui jurai qu'il ne s'était rien passé avec Éléna. Son regard était noir. Je n'aime pas ça, l'œil du mâle en colère, ça me rappelle qu'en cas de conflit physique les hommes ont toujours le dessus. Comme je lui mentais depuis le premier jour, il m'a crue. À la façon déchaînée qu'il a eu de me faire l'amour dans les vingt secondes qui ont suivi mon mensonge, j'ai bien compris qu'il avait encore un très gros doute. Un très gros doute, délicieux. Jules rassuré, je pouvais reprendre le cours de mes pensées. Penser à me débarrasser de lui, par exemple. On m'avait trop fait l'amour ces dernières quarante-huit heures, j'avais besoin d'être seule.

Sophia

Pour me défaire de Jules, j'allais utiliser Sophia, une nymphette nympho, petite brunette aux yeux bleus splendides. Cette fille était un terrain d'expérimentation sexuelle pour tout le lycée. Les garçons en étaient dingues. Elle était toujours d'accord pour une petite pipe dans les toilettes, une partie de jambes en l'air dans les vestiaires ou une séance d'exhibitionnisme dans le bois d'à côté. C'était un film de cul vivant, un vrai trésor pour les garçons qui se la refilaient sous le manteau et la protégeaient comme un diamant. Ils la bichonnaient pour qu'elle se taise. Si une des gamines du lycée apprenait que son petit copain avait couché avec elle, c'était la rupture ferme et définitive. Elles ne supportaient pas l'idée que cette petite sauterelle soit une bête de sexe.

Je l'avais engagée comme modèle. J'avais besoin de corps qui s'expriment aussi sur le terrain de la sexualité et les jeunes danseuses qui fréquentaient mon atelier étaient incapables d'aller jusque-là. Je m'enfermais à double tour pour travailler avec elle, craignant que mes parents ne débarquent en pleine séance ! Il faut dire que le sexe fichait la trouille à la maison, personne n'en parlait jamais. On le niait. Dehors, ce n'était pas mieux, pas une conversation sur le sujet en classe, pas un texte érotique au programme. L'Éducation nationale se contentait de disséquer nos organes génitaux en cours de biologie. Pourtant nous étions tous obsédés par la découverte de notre sexualité.

J'ai pris ma première claque à quinze ans à cause du sexe. Nous étions en vacances avec mon père dans un club de riches bronzés, au bord d'une mer quelconque, et j'avais jeté mon dévolu sur un charmant trentenaire que j'embrassais à tous les coins de case. Un soir, mon père nous a surpris nus comme des vers au fond d'une barque échouée. Il m'a collé une beigne en pleine face ! Le lendemain, il bouclait nos valises.

Lorsque je me suis mise à sculpter des corps nus, à peine sortie de l'enfance, il a fallu que mon oncle Gérard, le galeriste, explique à mes parents que j'étais un sculpteur surdoué pour qu'ils me laissent en paix. Ils avaient commencé à me traîner deux fois par semaine chez un psy dans l'espoir de me débarrasser de mon vice. Nous sommes rapidement tombés d'accord sur le fait que mes parents étaient de grands malades et que moi je n'allais pas si mal ! Je continuais donc à sculpter des nus et j'explorais bientôt le domaine de la sexualité. Effarés, ils détournèrent définitivement leur regard de mon travail. Ils niaient la chose... Plus ils l'occultaient, plus elle me fascinait !

D'où ma passion pour Sophia. Elle était la preuve vivante que le plaisir sexuel existait, et qu'on ne pouvait l'ignorer. Elle prenait un plaisir fou à se caresser devant moi. Elle tortillait le bout de ses seins en soupirant de bonheur ou en poussant des petits cris de satisfaction. Elle m'expliquait comment lécher le sexe des filles, d'abord en s'occupant du mien, puis en me guidant sur le sien. Elle me suppliait de la regarder plonger ses doigts profondément en elle, caresser lentement les parois humides de son vagin, puis, de plus en plus vite, jusqu'à l'orgasme. Elle voulait que je voie tout et surtout son petit clito s'affoler sous ses caresses. Je l'observais en train de jouir, et réalisais des dizaines d'études d'elle, alanguie. J'étudiais chaque réaction de son corps qui effectuait des mouvements aussi parfaits que ceux d'une danseuse. Il s'arquait lorsqu'elle se pénétrait, se déroulait soudain sous l'influence d'un orgasme, puis se rassemblait de toutes ses forces à la recherche d'une nouvelle vague de plaisir. Je sculptais grâce à Sophia toutes ces variations érotiques, cette gestuelle unique et magnifique. Jules ignorait nos rencontres, il ne savait même pas que nous étions amies.

Pendant une séance de travail, j'ai expliqué à Sophia mon plan pour me débarrasser de Jules. Elle a adoré l'idée d'une petite sauterie avec lui ! Restait à concevoir le scénario de leur rencontre, dans un contexte qui permettrait à mon homme de ne plus penser qu'avec son sexe. Je décidai de lui donner rendez-vous un après-midi de pose avec Sophia.

Ce jour-là, je laissai mon sulfureux modèle seule à l'atelier. Elle était allongée sur le canapé, nue comme un ver. Lorsque Jules est entré, Sophia a mis un temps infini à enfiler son peignoir, puis elle lui a expliqué que j'étais sortie acheter de la terre et que j'en avais pour une bonne heure. Le peignoir de Sophia était un peignoir nain. Sa poitrine débordait du décolleté, quand elle se pencha pour attraper une bouteille de muscat dans le frigo, son petit cul de sauteuse bondit à la face de Jules qui se mit immédiatement à bander. Dès qu'elle se réinstalla sur le canapé, elle lui fit un remake de *Basic Instinct*, lorsque Sharon Stone est assise face aux flics. Sophia rejoua la scène en marquant une pause en plein milieu : elle ne recroisa jamais les jambes !

Elle allumait Jules sans cesser de lui parler, ce qui contribuait fortement à hypnotiser le garçon qui commençait à se dire qu'il se la ferait bien, vite fait, avant que je rentre ! Il la rejoignit sur le canapé. Là, Sophia lui fit un festival pornographique.

Lorsque je pénétrai dans l'atelier, Jules était profondément ancré en elle. J'avais eu la délicatesse de laisser mon futur ex manifester deux fois sa jouissance avant de faire mon entrée. Au moment où nos regards se croisèrent, je fis demi-tour et m'enfuis. Plus tard, Sophia me raconta qu'il s'était vite rhabillé et qu'il était parti sans un mot. Moi, j'étais convaincue qu'avant de s'enfuir, ils avaient remis le couvert. Voilà comment je me suis dignement débarrassée de Jules, la veille de mes dix-huit ans.

Gaspard

Aujourd'hui, je vis seule, à Paris, dans un atelier ayant appartenu à Zao Wou-ki, un ami de mon oncle. De la présence du peintre, il reste une fente de trois mètres de haut dans le mur, côté rue, qui lui permettait de sortir de l'atelier ses plus grandes toiles. Il reste aussi sur le parquet les taches indélébiles de l'huile avec laquelle il mélangeait ses pigments.

Meilleurs vœux *et caetera*, nous sommes le 1er janvier et je suis déjà dans un drôle d'état ! Il faut que je travaille, je suis paniquée à l'idée de devoir trouver de nouveaux modèles. Je ne supporte pas les modèles professionnels, ils sont trop simulateurs. J'ai besoin de corps qui hésitent avant de se dénuder et qui jouissent pour la première fois de ce plaisir-là. Chaque fois que j'ai peur, je remplis mon atelier de musique : « *Aus der Tiefen rufe ich, zu dir, Herr. Herr, höre meine Stimme...* », avec cette Cantate BWV 131 de Bach je tente d'oublier l'effroyable solitude dans laquelle je me trouve. Pas un être de chair et de sang dans mon atelier, uniquement des fantômes de glaise et de pierre blanche. Je frissonne, l'angoisse, sale petite vipère, s'enroule, se déroule autour de mon cœur et me tape sur les nerfs. La panique cède le pas à l'ennui, je n'ai plus envie de rien. Pas même de dormir. Avec des mots, inventer le son d'un éclat de rire. Celui d'un être à aimer. Mon besoin de travailler m'envahit à nouveau, je suis en manque d'enfouir mes mains dans la glaise, d'arracher la terre à la terre, d'en faire un visage, un corps. J'ai aussi envie de boire. Il faut que je décampe de l'atelier et que je trouve un modèle.

Bus 38. Arrêt au jardin du Luxembourg. Rien à dire sur mes compagnons de voyage, de beaux compagnons bien silencieux. Ils m'ont rendu un peu de calme. Promenade solitaire et agréable. Il fait si gris que je suis pratiquement seule dans le jardin. Je marche ruminant ce poème en forme de chanson d'Alfred de Musset :

Beaux chevaliers qui partez pour la guerre,
Qu'allez-vous faire
Si loin d'ici ?
Voyez-vous pas que la nuit est profonde,
Et que le monde
N'est que souci ?
Vous qui croyez qu'une amour délaissée
De la pensée
S'enfuit ainsi,

Déshabille-toi !

Hélas ! hélas ! chercheur de renommée,
Votre fumée
S'envole aussi.

Ma tête est remplie de poèmes. Dès que j'ai su lire, j'ai appris par cœur des recueils entiers de poésie. À l'adolescence, j'étais une anthologie vivante, je ne parlais plus, je récitais !

C'est d'ailleurs pour ça que mon frère Gaspard m'appelle « Antho ». Un jour où il me demandait comment je me verrais mourir, je lui répondis que « je mettrais le point d'une balle à ma propre fin » (Maïakovski). Il est prof aujourd'hui, à Évian, c'est une catastrophe, je sais ! En plus c'est un prof nul. Le genre de prof qui ne sort jamais son nez du sacro-saint « programme », qui fait grève contre tout : les heures supplémentaires, les classes en sureffectifs, la vie chère... Afin de bien aborder sa première année d'enseignement, Gaspard s'est acheté une paire de Teachers. La pompe de prof de base, des chaussures quasi orthopédiques pour ceux que la vie debout fatigue, crève, lasse. J'adore mon frère, mais là, les Teachers, je n'ai pas pu. Mes parents possèdent deux beaux boxers, qu'ils renouvellent tous les dix ans environ, c'est à peu près la durée de vie d'un boxer. J'ai donné les godasses aux chiens, qui cette année-là étaient des chiennes, Ganja et Sensa.

Il faut que je vous explique, mes parents, même s'ils sont très coincés côté cul, sont des *trippers*. À soixante-dix ans, ils sont encore fumeurs de joints. Dans leurs délires, ils avaient décidé qu'ils auraient en alternance des couples de chiens mâles, puis femelles. À l'époque où mon frère devint un jeune prof, nous étions dans le cycle du couple de chiennes. Ce sont donc Ganja et Sensa qui ont bouffé les premières Teachers de Gaspard. Juste après, il y eut Bédo et Héros, deux beaux mâles extrêmement baveux. Mes parents en sont aujourd'hui à leur sixième paire de boxers, des chiennes, ils s'en occupent comme si c'étaient des gosses, elles ont leur chambre à l'étage, elles dorment sur leurs lits ou celui de mes parents. Ils les nourrissent de viande fraîche et de riz complet. Ce n'est pas un hasard si je vous parle d'elles. Je pense que c'est à cause de la façon dont mes parents ont élevé leurs chiens que mon frère est devenu prof. Il lui fallait un métier d'assisté, pour le compte d'une boîte qui lui garantisse sa pitance à vie. À trente-trois ans, Gaspard vit toujours dans la maison familiale. Il a tellement été traumatisé par les absences prolongées de mes parents lorsque nous étions gamins, qu'il n'arrive plus aujourd'hui à les quitter. Ils lui ont bousillé le cerveau, les deux ex-babas hallucinés.

Maria et oncle Gérard

Je rentre de ma promenade bredouille. Maria, ma mère de cœur, m'appelle, elle pense que je suis complètement givrée d'être restée seule le soir du 31 décembre et insiste pour que je la rejoigne chez elle. Je n'irai pas, je suis juste bonne à me morfondre avec un verre de chardonnay. Maria est au service de mon oncle depuis trente ans. Oncle Gérard est homosexuel, il n'a jamais partagé sa vie qu'avec des hommes de passage mais il a toujours eu besoin de quelqu'un pour s'occuper de son intendance, et ce sont généralement des femmes qui ont obtenu cette place auprès de lui. Comme les bonnes de curé, elles doivent entretenir la maison, faire la cuisine et ses valises pour ses incessants voyages. Elles ne lui sont jamais restées fidèles plus d'une année ou deux. Jusqu'à Maria, qui est tombée amoureuse de lui le jour où elle l'a vu pour la première fois.

Lorsqu'ils se rencontrèrent, Maria avait trente ans, comme lui. Native de la ville fortifiée de Bellinzona, en Suisse italienne, elle avait quitté sa famille très jeune pour travailler à l'hôtel Beau Rivage, un palace genevois. Ils se sont croisés pour la première fois chez Fernand Legros, célèbre marchand d'art de l'époque, ami de mon oncle, chez qui Maria faisait un extra. Au cours de la conversation, Maria avait appris qu'il tenait une galerie importante à Genève. Elle s'y était rendue dès le lendemain pour lui proposer ses services. En entrant dans la galerie elle avait été fascinée par un tableau de Fernand Léger, une gouache orange et noir qui représentait une femme avec un perroquet. Aujourd'hui encore, elle se souvient de chaque détail de ce tableau.

Mon oncle l'avait engagée comme il avait embauché la plupart de ses bonnes, en lui remettant une petite somme d'argent en guise d'avance sur ses gages et, sans la regarder, il lui avait indiqué son adresse, sommant un de ses assistants de l'accompagner. Maria avait été installée dans une chambre, sous les toits. C'est là que je l'ai rencontrée pour la première fois, j'avais deux ans.

Mes parents habitaient déjà à Évian, mais possédaient aussi un vaste appartement hérité de mon grand-père au bord du lac Léman, en plein cœur de Genève. Ils y passaient peu de temps, entre deux voyages au bout du monde. La veille d'un départ pour Bali, ils s'étaient finalement dit que ce n'était pas un endroit idéal pour des enfants dont les parents allaient passer le plus clair de leur temps à se défoncer aux champignons hallucinogènes. Ils avaient casé mon petit frère chez ma grand-mère, qui l'avait accepté mais qui ne voulait pas de moi parce que ça faisait trop ! Trop de quoi ? je n'ai jamais su, elle est morte avant que j'aie pu le lui demander. Mon oncle faisait partie du voyage, c'est lui qui a proposé de me confier à Maria. Ils sont partis deux mois, ce qui m'a laissé le temps de faire connaissance avec celle qui allait devenir ma deuxième mère.

J'étais si bien dans les bras de ma nourrice que lorsque ma mère est venue me récupérer je l'ai mordue. Cet incident a donné une excellente raison à ma génitrice de se débarrasser de moi aussi souvent que possible en me confiant à Maria. Petite, je ressemblais beaucoup au frère de mon père, oncle Gérard, et je crois bien que Maria m'a élevée comme si j'avais été l'enfant qu'elle avait tant rêvé avoir avec lui !

Maria travaille toujours pour mon oncle. Une fois, elle m'a confié, légèrement rougissante, qu'il se passait des trucs entre eux. Mon oncle est donc bien bisexuel, je m'en doutais... Depuis, je me plais à croire que mon penchant pour les deux sexes est un héritage familial !

Ma seule famille aujourd'hui, c'est eux, Maria et oncle Gérard. Grâce à lui, je fais du modelage tous les jours depuis l'âge de sept ans. Un besoin inextricable de produire des visages, des corps. Au début, je modelais directement dans la glaise et je laissais sécher mes sculptures à l'air libre, puis j'ai appris à réaliser des structures en fer qui me permettaient de créer des personnages debout, beaucoup plus grands. Par la suite, on m'a enseigné les techniques de terre cuite. Vers l'âge de dix ans j'ai commencé à tailler la pierre. À quinze ans, j'étais sculpteur. Mon oncle étant passionné d'art, mais aussi d'argent, a immédiatement repéré en sa nièce surdouée un filon en béton. C'est grâce à son argent que j'ai pu me payer le luxe, dès l'adolescence, de réaliser des sculptures en bronze, c'étaient des nus d'adolescents, mes premiers flirts.

Patrice, douze ans. Je me souviens de son visage comme si c'était hier, du grain de sa peau, du son de sa voix. Je me souviens de ses baisers, de ses premières mains d'homme sur mes seins. Je me souviens que j'aimais tout de lui. Au début, Patrice refusait de poser nu pour moi. Il pensait que c'était un truc de fille. Pour le convaincre, je lui avais montré des livres de sculpture, où l'on voyait des modèles nus, je lui fis comprendre que c'était un métier qui pouvait rapporter beaucoup d'argent. Ce qui l'avait finalement convaincu, c'était la somme que je lui avais proposée, à bout d'arguments, pour qu'il s'exécute.

L'argent, j'avais remarqué très tôt que ce truc-là passionnait tout le monde. À commencer par mon grand-père paternel, Marcel D., un banquier de Genève. Il avait laissé une jolie petite fortune à ses deux fils. Mon père a tout dilapidé en bijoux pour ma mère, voyages, hôtels, fiestas et substances illicites. Aujourd'hui, il ne lui reste plus que sa maison à Évian. Oncle Gérard, lui, a investi dans l'art contemporain. Je sais qu'il a perdu beaucoup d'argent, dans les années soixante-dix, en trempant dans cette célèbre histoire de trafic de faux organisé par le marchand d'art Fernand Legros ; mais bon, je connais sa collection personnelle, il est blindé.

Il paraît qu'on ne devient pas riche par hasard. Eh bien moi si, je suis riche parce que, par chance, j'ai du talent... plus un oncle malade d'argent qui a fait fructifier mon génie comme d'autres des actions en Bourse ! À dix-huit ans, j'ai touché le pactole. Cela faisait trois ans que mon oncle vendait les sculptures érotiques de sa nièce surdouée aux quatre coins du monde.

Comme par hasard, mes premiers acquéreurs furent des amateurs d'art spécialisés dans la figuration de petites filles en culotte blanche. À cette époque, mon oncle vendait mes œuvres sous le manteau, pas d'expos publiques, uniquement des rendez-vous chez lui ou chez ses clients. Pendant des mois, il a travaillé exclusivement avec des collectionneurs privés. Lorsqu'il a épuisé son agenda de clients monomaniaques, il s'est tourné vers ceux à qui il larguait régulièrement ses Calder, Tinguely, Brancusi, Giacometti, Venet. Là, il a fait son petit effet, ses acheteurs n'avaient jamais vu ça, et, comme lui, ils ont très vite flairé la mine d'or. Ils ont accepté de payer mes premières œuvres une fortune car ils connaissaient les stratégies de mon oncle. Ils savaient tous qu'après avoir écoulé mes sculptures quasi secrètement chez les collectionneurs, il allait organiser dans ses galeries de Paris, New York, Genève et Tokyo des expositions événementielles qui feraient de moi une star de l'art contemporain. Dès lors, les acquéreurs savaient qu'ils revendraient le double ou le triple mes œuvres.

J'avais vingt ans, j'étais jolie et déjà bisexuelle, j'aimais sculpter des nus érotiques, mon oncle, malgré l'histoire de trafic de faux, était resté l'ami des plus grands artistes contemporains ! Bref, j'étais une cliente idéale pour « Paris Trash » et « Voilà du gratin ». Le succès allait m'arriver en pleine face et j'allais le déguster jusqu'à la lie. Mon oncle me l'avait promis !

En attendant, je suis seule comme un rat. Et cette solitude, je la dois aussi à mon oncle. Mon talent le fascine, pour le reste, je l'horripile. Il méprise mes amis autant que mes amours. Gérard a si bien joué au jeu de massacre avec mon entourage que je suis plus seule qu'une fille du Carmel ! Je le hais pour ça. Mais dans ma vie de sculpteur, il est un père et je suis attachée à lui comme une tique au cou de son chien.

Platon

Ce matin, j'ai rendez-vous avec Platon, mon vieux voisin de palier. C'est un modèle parfait, une quintessence de vieux sublime. Platon n'est pas son vrai patronyme, juste un nom d'usage né d'une blague à son arrivée en France en 1920, qui est aussi l'année de sa naissance. Il est grec, mais ne connaît pas la Grèce. Il y est né par hasard. Sa mère, une petite bonne suisse, était au service d'un richissime armateur grec, à Genève, dont elle tomba amoureuse, puis enceinte. Il lui permit d'accoucher dignement mais refusa de reconnaître le bâtard. En guise de cadeau de naissance, la jeune femme reçut, pour solde de tout compte, un billet d'avion pour la destination de son choix. Elle décida de partir pour Paris où l'une de ses sœurs travaillait comme bonne elle aussi, dans un grand hôtel. Elle trouva rapidement du travail. Comme elle était jolie, elle dénicha presque aussi vite un mari qui voulut bien du bâtard, mais qui, pour lui rappeler sa faute, surnomma le bébé

« Platon ». Je ne connais pas son vrai nom, il n'a jamais voulu me le dire. Platon habite la porte à côté de mon atelier depuis si longtemps qu'il ne se souvient pas avoir habité ailleurs. Il était déjà très âgé lorsque je l'ai rencontré pour la première fois.

Je venais de m'installer ici lorsque, une nuit, vers une heure du matin, j'ai été réveillée en sursaut par le bruit d'un choc violent contre ma porte. J'ai ouvert les yeux et affolée je me suis redressée. Platon hurlait : « Bordel de merde de tapis de mes couilles ! » Puis, gémissant, il s'exclamait : « Putain ! putain ! » Plein de « putain » gueulés comme ça, en cascade. Je me suis levée pour lui demander, à travers la porte, s'il avait besoin d'aide. Il continuait à crier ses injures misogynes lorsque j'ouvris. Platon s'était étalé en escaladant la dernière marche de l'escalier qui desservait notre palier, et avait atterri la tête la première sur la porte de mon atelier. Ses lunettes avaient explosé sur son nez. Je comprenais mieux maintenant sa litanie. Putain, il y avait du sang partout !

J'ai horreur du sang, un peu comme tout le monde, en pire. À l'époque de mon récit, le sang est vraiment un truc effrayant, il est « contaminé ». C'est l'ennemi public numéro un, avec le sperme. J'avais bien des capotes, mais je n'avais pas de gants. Je n'allais quand même pas le laisser là, alors je l'ai empoigné comme je pouvais et je l'ai relevé. Il gueulait toujours, pas un merci ni un bonjour. Il était bien ancré dans sa colère. Je suis allée lui chercher une chaise, et j'ai essayé d'entrer en contact avec lui : « Ça va ? Vous n'avez pas trop mal ? Bon, je vais vous nettoyer, à moins que vous ne préfériez que j'appelle les pompiers ? » Il s'est retourné vers moi, le regard noir et a hurlé : « T'avise pas d'appeler les pompiers ! »

Non mais, pour qui me prenait-il ? Je restais bouche bée, j'avais envie de le gifler. *(J'ai horreur d'être vexée, ça me rend nerveuse.)* Son regard m'a arrêtée et j'ai senti soudain une angoisse gluante m'envahir les tripes. Et si ce mec était fou ? J'avais lu le matin même, dans *Le Parisien*, un article relatant l'histoire d'un grand-père qui après avoir violé ses deux petits-enfants de cinq et huit ans avait trucidé leur mère, sa propre fille ! Je n'avais plus envie de baffer mon vieux voisin. Il fallait que je trouve une stratégie pour l'amadouer. Je lui ai décoché un sourire de télé et lui ai glissé doucement : « Ne vous inquiétez pas, pas de pompiers, pas de problèmes... Vous voulez boire quelque chose ? » Il ne répondait pas. J'étais au sommet de ma crise d'angoisse, mains moites, cœur à quatre cents, quand subitement, il s'est avachi sur sa chaise. Il ne me regardait même plus. Le contrecoup, sans doute, dans son corps de vieil homme. Sa bouche s'entrouvrit, la lèvre inférieure se mit à pendre bêtement, ses yeux reprirent leur couleur bleu-gris de nouveau-né. Je suis allée chercher du coton et un truc qui ne pique pas dans la salle de bains et j'ai nettoyé ses plaies, en silence. Des bouts de coton restèrent accrochés à sa peau mal rasée. Je n'aimais pas ce vieux, je n'aimais pas qu'on entre chez moi, je détestais m'occuper des autres, ça me foutait le bourdon. Je ne l'avais pas dit à voix haute, mais j'avais dû le penser très fort, Platon s'est levé et, en silence, il a quitté l'atelier.

Après cette première rencontre, Platon ne m'a plus adressé la parole. Ni un bonjour ni un merci, rien.

Environ deux mois plus tard il m'a saluée en ouvrant la porte de son appartement. J'ai pu découvrir ce jour-là qu'il vivait dans un local insalubre. Platon n'avait pas de lit, il couchait sur ce qu'il entassait depuis des années. La porte de sa piaule ne pouvait pas s'ouvrir entièrement, tellement c'était le foutoir ! Et l'odeur ! Une odeur de vieille pisse, horrible. Déjà qu'il ne me plaisait pas, là, avec l'odeur, il me dégoûtait carrément. Je m'en foutais de ce vieux, seulement, il avait une tête à sculpter : un visage long et maigre sur lequel les expressions filaient vite. Un soir où je restais fascinée sur le pas de ma porte à le regarder forcer la sienne pour pénétrer dans son taudis, il m'a demandé ce que je lui voulais. Je lui ai répondu que j'avais besoin de lui comme modèle. Il a accepté, sans dire un mot, en hochant la tête.

Comme prévu, Platon est venu à l'atelier. J'ai réalisé son buste en terre crue rouge, il est là sur la table, au centre de l'atelier. La séance fut hallucinante. Platon a parlé grec pendant quatre heures. Je ne sais pas quel plaisir lui procurent ces moments de pose. Tout ce que je sais c'est que mon vieux voisin perd la boule et que je ne connais toujours pas son véritable nom.

Ce soir, je suis invitée à dîner, par un homme marié que j'ai rencontré à l'un de mes vernissages, à la maison du Japon. C'est lui qui me laisse un message sur le répondeur : « Salut, beauté fatale, on se retrouve ce soir Chez Lili, 57, rue Froidevaux à 21 heures, je t'embrasse. » La rue Froidevaux, dans le quatorzième arrondissement, longe le cimetière Montparnasse. C'est un repaire de vieilles putes parisiennes. J'apprécie à sa juste valeur le choix géographique de ce rendez-vous.

La première fois que j'ai dîné avec lui, il m'a fait peur. Ce type est un paquet de muscles qui joue constamment de sa force. Ce soir-là, nous étions arrivés au restaurant sous des trombes d'eau, il m'avait portée dans ses bras de la voiture à la porte du restaurant en m'écrasant littéralement contre lui. Cette étreinte m'avait inquiétée. Ma crainte s'était vite dissipée, après quelques verres de saké et sous l'emprise de ce breuvage érotique, il s'était mis à me réciter des haïkus où il était question de fleurs de cerisier et de femmes en pleurs !

Je déteste les hommes mariés. Je les trouve pot de colle. Simplement sa tête est tellement étonnante que j'ai envie de la sculpter. À tous les coups, il ne va pas comprendre, il va préférer que je prenne sa queue comme modèle et comme elle ne m'inspire pas, ça va virer au drame ! Il faut que j'annule ce rencard, et tant pis pour le modèle ! Je ferai ma sculpture de mémoire. Il y a vingt kilos de terre moite qui attendent au milieu de mon atelier. Un joli paquet de glaise pour immortaliser son visage vierge. Quand je regarde ce bloc de terre, j'ai le cœur qui cogne. Comme toujours, j'ai peur de commencer. « Comment faut-il prendre la pente ? Monte et n'y pense pas. » Ne cherchez plus, c'est un de ces aphorismes de Nietzsche que je répète pour trouver mon chemin. Je les marmonne à longueur de journée comme d'autres récitent leurs prières. Ce soir donc, je ne coucherai pas avec le modèle, mais je caresserai les joues de ce bloc de glaise avec amour.

Clara

J'ai travaillé toute la nuit sur « l'homme aux haïkus ». Impossible de fermer l'œil au petit jour, j'ai besoin de prendre l'air. Je pars retrouver les feuilles mortes du jardin du Luxembourg. Le parc est sinistre, surtout en cette saison où tout est devenu gris et marron. Mais, voyez-vous, j'adore le triste, le gris, et le marron. J'aime aussi enfiler mes bottes et mon petit manteau beige. S'il se met à pleuvoir, alors là, j'exulte ! Tous les promeneurs quittent le parc, comme s'ils allaient fondre. Je m'arrête sur un banc, fume une cigarette.

Tiens, une jeune fille... Un visage magnifique avec des pommettes hautes comme je les aime. Grande brune, aux yeux noisette, bouche charnue, elle me chavire des pieds à la tête. J'ai dû être un homme dans une autre vie et, dans celle-là, cette fille me rappelle que j'aime aussi les femmes. Elle a un cul à sculpter, il faut que je la branche. La merveille a justement envie de fumer. « Je te connais, tu fréquentes le bistrot de la place d'Alésia, Le Bouquet, n'est-ce-pas ? » C'est ça, dit-elle, avec un sourire ultra sexy. Que fait-elle seule à neuf heures du matin dans ce jardin de vieux sénateurs ? Elle ne s'est pas couchée ? J'aurais dû m'en douter. Elle est triste, ce qui ne me dérange pas, au contraire. Elle s'étonne que sa mélancolie me plaise. Je lui envoie un sourire de beau gosse. « Et si on allait boire un café ? », dit-elle. « D'accord, mais chez moi. » Ce qui est chouette avec les filles, c'est qu'elles ne se méfient pas des femmes.

Elle s'appelle Clara et elle sera bientôt nue sur mon lit.

En arrivant à l'atelier, Clara découvre tous mes hommes de glaise ; les vieux, les jeunes, les beaux, les laids. « Pas une femme ? » demande-t-elle. « Non, pas une seule femme en ce moment. Peut-être toi, si tu acceptes ? » Clara répond : « Pourquoi pas », mais elle veut d'abord me parler. Elle a un gros truc sur le cœur à déballer. À tout coup une histoire d'amour à la con avec un imbécile heureux.

Banco ! Il s'appelle Yannis. Je marmonne : « Un prénom de chèvre. — Pardon ? » dit-elle. « Non, rien, rien, je t'écoute... » Après cinq ans de vie commune, Yannis avait donc plaqué ma princesse, cette nuit, à deux heures du matin, pour une blonde, évidemment. J'écoute cette histoire d'une banalité affligeante, sans m'attarder sur les mots, mais en photographiant chaque mouvement de sa bouche, de ses yeux. Je modèle dans ma mémoire son visage d'ange brun. Je glisse mes yeux le long de ses tempes, de sa mâchoire, de son cou. J'enregistre tout. Mes mains, en manque, tremblent déjà à l'idée de ne pouvoir la toucher.

Je sculpterai ton visage et ton corps.

Mon regard dévale sa gorge, plonge dans son décolleté. Son petit pull en V entrave mon désir de la voir nue. « Je t'en supplie, tais-toi et déshabille-toi ! » C'est parti d'un seul coup, j'ai presque hurlé cette phrase qui a résonné dans tout l'atelier. L'angoisse de la voir s'enfuir m'a aussitôt tétanisée. Clara me dévisage sans tristesse et s'allonge sur le lit. Je suis une fille compliquée qui adore les filles faciles. C'est une fille facile, lisse, parfaite.

Elle murmure que c'est sa première fois avec une femme, elle se laisse faire et fond dans ma bouche comme une glace italienne, vanille fraise, très sucrée. Un peu de douceur dans ce monde de brutes.

« Clara, je voudrais que tu t'installes chez moi quelque temps, j'ai besoin de ton corps nu, de l'intérieur de tes cuisses, de ma langue et de mes doigts dans ton sexe tous les jours. » Elle acquiesce. Oui, elle a encore envie de moi, mais auparavant, elle aimerait savoir qui est cette femme si belle sur la photo, là, posée sur la cheminée. « Ma mère. » Et les deux enfants sur cette photo-ci ? « Mon frère et moi. » Et lui ? « Mon oncle Gérard, avec son frère, mon père. » On fait le tour rapidement. Il n'y en a pas un de plus bandant qu'elle. Après l'interrogatoire, Clara s'approche de moi et glisse sa langue dans ma bouche.

Nous avons passé le reste de la journée à nous caresser. Ensuite, j'ai terminé mon boulot. C'était comme ça depuis toujours, après l'amour, j'avais besoin de travailler. J'ai achevé le modelage du diseur de haïkus. Il est beau et dégoûtant comme je l'avais imaginé. Je le signe. *(Je te marque, cher modèle, et j'exulte de le faire. Tu m'appartiens, oh pas pour longtemps, ne te fais aucune illusion. Ta tête a un prix, et bientôt je te vendrai.)* Clara me regarde sculpter, on dirait un de mes chats. Son regard fixe m'indique que ses pensées sont ailleurs. Je m'en moque, son corps nu est là.

Ce soir je suis invitée au théâtre des Champs-Élysées, l'Orchestre philharmonique de Vienne joue la *Septième Symphonie* de Beethoven. J'aime aller au concert, j'ai besoin de ce contact direct avec la musique. Depuis mon enfance j'ai tissé un lien puissant, unique et vital avec elle, un lien précieux. Il est le seul, avec mon travail, à donner un sens à ma vie où l'amour est absent.

Je pars seule, Clara a déclaré qu'elle avait besoin de se reposer de son chagrin d'amour. Je suppose qu'elle ment. Je pressens qu'elle va rejoindre son ex. Je ne veux rien savoir. Je veux juste qu'elle revienne aussi longtemps que j'aurai envie d'elle.

L'émotion fut si forte pendant le concert qu'en sortant, je me suis mise à rire, un rire de folle ! Dans la rue je pense à Clara, petit radeau sur l'océan de mes peurs. Il est 22 heures, j'ai la soirée devant moi, je file aux Halles. À la terrasse du Bon Pêcheur sous les parasols chauffants, je relis *Le Rouge et le Noir*. Quel petit con, ce Julien Sorel ! Il ne sait rien de l'amour. *(Moi non plus !)*

Clara ment, elle est nue dans les bras de l'autre. Clara me manque, mais ça m'est bien égal qu'il ne s'agisse pas d'amour, puisque je ne sais pas ce que c'est, l'amour. Je connais juste mon désir pour elle.

Une lettre me sert de marque page, je la relis avant de rentrer. C'est un homme qui me l'a écrite. Je l'ai rencontré à un cocktail organisé en mon honneur par un commanditaire privé. Dans ce courrier, le garçon m'explique que je lui appartiens, que je ne me rends pas compte de la force de notre amour, qu'il se tuera si je me refuse à lui ! J'avais accepté de le revoir après ce fameux cocktail parce que je trouvais sa plastique étonnante. Son corps immense hantait mes pensées, je le désirais follement comme modèle. Je rêvais de le dénuder, de le photographier, de m'en inspirer pour réaliser une sorte de géant. J'imaginais ce géant en train de chuter, peut-être sous le coup d'une blessure mortelle.

Mon idée l'a rendu fou, il voulait mon corps, ma bouche, mes seins ; il ne désirait pas que je le reproduise, il voulait que je le prenne ! Persuadé que je ne résisterais pas à ses avances, il avait accepté de faire quelques photos dans mon atelier. Ces photos, réalisées à la chambre, m'ont inspiré une série de nus monstrueux. Trois géants tordus de douleur. Des bronzes hauts d'environ trois mètres. Lorsqu'il les a découverts, il s'est mis en tête qu'il avait véritablement vécu une histoire d'amour avec moi et il a commencé à m'écrire des lettres passionnées...

Au fil de ce courrier du cœur dément, il racontait « notre » histoire dans le détail, décrivant notre premier baiser à un concert auquel je n'avais jamais assisté. Notre vie amoureuse y passait dans les moindres détails. J'ai fini par m'inquiéter à la lecture de nos ébats. Ses fantasmes étaient très éloignés des miens, je n'avais jamais fouetté personne, encore moins jusqu'au sang !

En rentrant des Halles, j'ai jeté sa dernière lettre dans l'eau d'une petite rigole, le long de la chaussée, au pied de mon atelier ; je l'ai suivie des yeux jusqu'à ce qu'elle disparaisse au coin de la rue.

Chez moi, j'ai trouvé Clara endormie sur mon lit, tout habillée du parfum de l'autre, mais elle était là.

Yannis

Ce matin, je suis dans les jardins du château de V. et je me demande franchement ce que je fais là, alors que Clara est nue dans mon lit, à Paris, entre le drap du dessus et celui du dessous.

Je ne suis pas seule, j'ai à mes côtés un homme beaucoup trop grand pour moi. C'est le châtelain qui me propose une résidence dans sa demeure pour y travailler quand je veux. J'aime bien la paume de ses mains. Il est intelligent, cultivé, mais ennuyeux. Il me confie, légèrement angoissé, qu'il rêve de visiter mon atelier à Paris. Je suis tombée sur un grand fan soporifique ! Je me suis fait avoir par ma manie des rencontres, mon obsession des chairs à sculpter. Je sors mon appareil photo et lui demande s'il ne voit pas d'inconvénient à ce que je photographie ses mains. Voilà, c'est fait, il faut que je me tire au plus vite de ce traquenard. Je prends le premier train pour Paris, j'ai hâte de développer le film et de me mettre au travail. J'ai hâte aussi de revoir Clara.

Je pense en boucle que je veux une vie immense, remplie de musique, de couleurs, de courses éperdues, d'amour, de corps à corps, de larmes brûlantes et d'éclats de rire... aux larmes ! Mon rendez-vous de ce matin m'a donné un coup de stress. Je retrouve Clara à l'atelier. L'idée de la transformer en statue de bronze commence à m'obséder. Je lui en fais part, elle est d'accord. Clara est d'accord pour tout, tant que je la laisse libre de revoir Yannis. J'ai la naïveté de croire qu'elle finira par l'oublier. Elle a besoin de me parler de lui et me montre sa photo : rien à dire, une gravure de mode, beau brun aux yeux bleus. Le genre de type que je déteste, trop musclé, trop bien coiffé, avec des dents bien alignées et le regard planté droit dans l'objectif du photographe, genre je suis beau gosse et je le sais. Une parfaite tête d'imbécile. Le truc impossible à peindre ou à sculpter, l'objet de fabrication industrielle, sans odeur et sans saveur. Clara parle de lui, d'elle, je l'écoute, je la regarde.

Clara n'avait pas encore l'air d'être née. Elle était totalement téléguidée par son environnement : des parents profs de français, aussi érudits en lettres que moi en football. Un demi-frère fan de hard-rock, pur produit plouc de banlieue, mi-bourge, mi-beauf. Le tout à l'abri du besoin dans un pavillon de banlieue aussi laid qu'un *ciron*, cette petite bête hideuse qui vit en colonies sur la tomme de Savoie. Sa mère avait épousé un psychiatre psychopathe qui l'avait quittée à la naissance de Clara. Elle se remaria avec un homme qui viola sa fille dès son arrivée, elle avait treize ans. Clara vécut cet enfer trois ans avant d'oser en parler à sa génitrice qui, en échange de ses confidences, lui donna une bonne paire de claques et l'envoya en pension. Après sa liaison avec Yannis, c'est la deuxième chose qu'elle me confia. Une histoire d'inceste tragiquement banale. En rencontrant Yannis, elle lui avait raconté son drame personnel. Il n'avait pas paru étonné.

Comme beaucoup d'adolescents de son âge, Yannis était une sorte d'expert en vierges. Il était persuadé, en chassant la jolie Clara, qu'elle l'était, comme quatre-vingts pour cent des filles du collège. Quand Clara, tremblante, lui avait parlé des viols qu'elle avait subis, il avait fait comme si de rien n'était et l'avait prise comme si elle était vierge ! Grâce à Yannis, elle avait l'impression d'être à nouveau une fille comme les autres. Avec lui, elle avait débuté une nouvelle vie, une vie de belle plante sans souci.

C'est en ces termes qu'elle achève de me raconter leur idylle, je ne suis pas pressée d'en savoir plus. À vrai dire, je me fiche du passé de Clara, je la trouve suffisamment belle, au présent.

Après s'être épanchée, Clara m'a fait l'amour. Elle culpabilise maintenant, à cause de Yannis. Je glisse ma langue et mes mains sur son sexe et la pénètre doucement jusqu'à la faire jouir. Son corps détendu se blottit contre le mien.

Je me réveille seule. Clara est partie travailler. Elle est vendeuse aux Halles, dans une boutique de fringues griffées par un rappeur. Elle me manque, je ne parviens pas à me rendormir. Je claque des dents à cause du vide qu'elle a laissé en partant. Je réalise que je n'étais pas tombée amoureuse d'une fille depuis l'âge de dix-sept ans, depuis Éléna, la danseuse aux seins nus. Je n'imaginais pas que cela puisse à nouveau m'arriver.

En son absence ma chambre se transforme peu à peu en champ de bataille. J'étale sur le lit une boîte de photos. J'ai sous les yeux des centaines de corps nus, leur présence me rassure. Je les caresse du bout des doigts en écoutant la *Troisième Symphonie* de Schumann. J'ai envie de boire. Je me sers un verre de vin en pensant que si on ouvrait des bordels où les filles pourraient se faire câliner par de beaux garçons, la vie serait plus gaie. Je suis ivre, il est midi.

Voici des mots bleus, des mots rouges, des mots glacés, gris, verts, des mots affreux. Ils sont pour toi, ma bien-aimée, pour me venger de ton absence. Je t'écris pour tuer le temps. C'est la saison des tulipes et je n'en ai pas une seule à la maison.

J'allume la radio pour me relier au monde et tombe sur Pierre Mandy, éminence grise des après-midi de France Culture, qui détruit, en direct, mon travail exposé actuellement au musée Maillol. Il conclut son papier en me conseillant de laisser tomber la glaise pour travailler directement la boue qui conviendrait mieux à mon œuvre qu'il juge obscène. Le con !

Pour me changer les idées, ce soir, je vais à l'Opéra-Bastille écouter *Die Soldaten* de Zimmermann. Clara n'a pas téléphoné de la journée. Si elle ne m'appelle pas avant mon départ pour l'Opéra, je me venge. Cette nuit, au coin de ta bouche, avec ma langue, je vais déposer une offrande, une petite larme de plomb.

Comme Clara n'a pas donné de nouvelles, j'ai déniché dans la salle de l'Opéra-Bastille un jeune homme blond comme les blés d'environ vingt-cinq ans, violoniste de son état, en quête de célébrité. Il m'explique qu'il préférerait devenir chef d'orchestre pour diriger son monde. Alors, je lui dis : « Mon monde à moi est à deux pas et c'est moi ce soir qui vais te diriger avec ma langue sur ton sexe ; jusqu'au fond de moi-même, si tu veux. » Il voulut bien. Quel bonheur de te manger si nu, mon ange, et d'être mangée par toi. Clara m'avait fait oublier, un instant, le plaisir de tenir dans la main le sexe d'un homme et le bonheur d'en faire jaillir son sperme si doux. Voici l'aurore et le temps pour toi, cher jeune homme, de quitter mon nid. Non, je n'aime pas le thé et encore moins le partager. Reviens pour le sexe, j'adore le tien, mais ne reviens pas pour discuter, on ne parle bien qu'avec ceux qu'on peut aimer.

Clara vient d'appeler. Elle a décidé de s'absenter de ma vie pour remettre le couvert avec son abruti au patronyme de soap opera. Elle reviendra, dit-elle, il lui faut un peu de temps pour réfléchir... Je commence sa sculpture avec rage. Dans l'urgence et la crainte qu'elle s'absente pour toujours. J'ai peur de perdre la mémoire de ses formes. J'attaque le squelette avec du fer, Clara sera debout, les deux mains sur la bouche. Je vais réduire sa très grande beauté à cinquante centimètres. Je réaliserai d'elle une petite série : couchée, debout, accroupie. Quatre ou cinq petits nus en bronze. Un pour moi, un pour elle, les autres pour la partager.

New York

Je navigue dans un triste sommeil lorsque le téléphone sonne. Il est sept heures du matin. Peut-être Clara ? Je décide d'attendre que le répondeur se déclenche. Mon oncle ! Il n'y a que cet enfoiré pour m'appeler aux aurores ! « Salut, mon lapin, rappelle-moi, j'ai décidé de t'emmener avec moi aux States quelques mois. J'ai bien réfléchi, c'est là-bas qu'il faut organiser ta première grande exposition. Tes nus érotiques vont les rendre fous. On part dans deux jours. »

En dehors de sa galerie genevoise, oncle Gérard est associé dans quatre autres galeries importantes à New York, Londres, Tokyo et Paris. C'est un expert en communication et il sait que la presse française va s'arracher l'histoire de mon succès hors les murs.

En préparant mes valises je me dis que c'est une occasion unique d'envoyer Clara se faire voir. Et en même temps, je préférerais partir avec elle. Je suis en overdose de solitude. Je lui laisse un message laconique : « Je pars dans quarante-huit heures pour New York. Si tu ne sais pas quoi faire de tes prochaines semaines, un billet d'avion t'attend sous ton oreiller à l'atelier. » Ce n'est pas très sexe, je l'admets.

À New York, tout a débuté par un gros scandale organisé par mon oncle. L'exposition avait lieu dans sa galerie de SoHo. Quelques jours avant le vernissage, il avait pris soin d'envoyer des dossiers de presse illustrés par mes nus érotiques aux différentes associations les plus puritaines du pays. Ma copine de classe, Sophia la petite nympho, trônait en couverture du dossier en pleine séance d'onanisme. Son double de bronze était entièrement tendu vers son plaisir, au bord de l'orgasme.

L'effet fut à la hauteur des espérances de mon oncle : le jour de l'ouverture de la galerie au public, les associations étaient là, des centaines d'hommes et de femmes, toutes banderoles déployées, hurlant : « Mort aux loups ! » Les manifestants réclamaient l'interdiction de l'exposition aux mineurs et l'obligation pour les propriétaires de voiler les façades de la galerie, tandis que, dans leurs mégaphones, les plus hystériques nous accusaient d'être les complices des criminels sexuels. Pour tous, nous étions une bande de porcs dégénérés. Mon oncle exultait, il savait que dans quelques minutes les caméras de télévision allaient débarquer et que, le soir même, nous serions dans les éditions des journaux télévisés.

Voilà comment, aux Etats-Unis, en quarante-huit heures, je suis passée de l'anonymat le plus complet au rang de vedette de l'info. Même Parry Thingking, la grande vedette de CNN, n'a pas résisté à la tentation de rencontrer « la petite Française pornographe ». C'est en ces termes qu'il m'a présentée au public.

« Pornographe ! ? » Je lui explique que ce mot n'a pas de sens pour moi. « Je sculpte des nus librement, l'immense majorité de mes modèles sont simplement nus. Les autres s'expriment selon la forme de sexualité qu'ils ont choisie. Des filles caressent leurs corps de femmes, des garçons leurs corps d'hommes. Parfois ils font l'amour, avec les partenaires de leur choix. Je ne me cache pas pour travailler, mes modèles sont libres d'accepter de poser ou pas. Ils sont comme des acteurs, au service d'un texte, d'une pensée. Aucune sculpture ne leur ressemble vraiment. Non, Parry, « l'art ne reproduit pas le visible, il rend visible ». Je sens que cette réalité échappe complètement à mon hôte, je n'ose pas lui dire que la citation est de Paul Klee, je crains qu'il me demande de répéter le nom. Alors j'enchaîne, expliquant que mes statues rendent visible l'idée que la nudité c'est mal, que le sexe à l'adolescence, c'est mal, que la jouissance doit rester secrète, l'orgasme muet, et l'homosexualité taboue.

L'obscénité est partout dans ses questions : « Avez-vous conscience que vos statues peuvent exciter ceux qui les regardent et, parmi eux, les criminels sexuels ? » Je lui réponds que mes œuvres ne sont pas des objets, qu'elles sont l'expression de ma pensée, de mon désir de voir libres les hommes et les femmes ; que sa nudité, celle de sa femme ou de ses enfants ne m'effraie pas, qu'elle ne m'excite pas non plus, que ce qui serait obscène ce serait que lui, Parry, se mette à se déshabiller devant moi sans que j'en aie exprimé le désir. La perversité, c'est de passer outre le désir de l'autre. Comment pourrais-je être excitée par un homme ou une femme qui ne désire pas la même chose que moi ?

Peut-être va-t-il passer à autre chose ? Pensez-vous ! Le voilà qui s'attaque à mon oncle à présent, rappelant à ses téléspectateurs qu'il a trempé dans un sérieux trafic de tableaux, aidant le célèbre marchand d'art parisien Fernand Legros à écouler un paquet de faux Derain et autres Van Dongen dans le monde entier ! « Oui, c'est vrai, mon oncle a dérapé mais bon, à l'époque, il mangeait trop de champignons hallucinogènes, du coup, il ne distinguait plus très bien le vrai du faux... La fin des années soixante a fait disjoncter beaucoup de monde sur terre... Et vous, Parry, à l'époque, c'était pétard ou héroïne ? »

Pas de réponse, on est en direct, il y a des limites que Parry Thingking ne doit pas franchir s'il veut conserver son job d'inspecteur des travaux finis. Alors j'enchaîne seule, comme une grande : « Mon oncle a purgé sa peine, cinq ans de prison à Genève à vingt minutes à pied de chez lui, ça l'a calmé. Ça l'a aussi mis sur la paille. Aujourd'hui, il est à nouveau millionnaire et le monde de l'art lui a pardonné. Dois-je vous rappeler qu'il représente dans le monde entier le fleuron de la création contemporaine ? » T'inquiète pas, Parry, je ne citerai aucun nom ! « Mais au fait, mes créations à moi, vous en pensez quoi ? » Le journaliste n'est pas non plus payé pour donner son avis. On verra bien s'il se déplace au vernissage. « Si vous venez ce soir, venez avec vos fils, vos jumeaux ont mon âge, n'est-ce pas ? Je serai heureuse de leur offrir un verre et de leur faire découvrir mon exposition. »

Deux heures après mon passage sur CNN, le staff de mon oncle à New York était assailli de coups de fil d'attachés de presse, de couturiers qui rêvaient de m'habiller pour la soirée et plus si affinités, de grands restaurants qui me réservaient une place à leur table et de stars en tout genre, télé, cinéma, chanson, qui souhaitaient être invitées au vernissage...

Oncle Gérard sentait la victoire approcher. Il s'arrangea sur-le-champ pour me trouver un atelier à New York et un appartement près du sien dans le quartier de Grand Central Station. J'étais OK pour l'aventure new-yorkaise mais, pour l'appartement et l'atelier, il fallait qu'il se débrouille pour me trouver un coin dans SoHo, sinon je reprenais l'avion illico pour Genève.

Gérard connaissait un peintre d'origine genevoise, qui avait acheté plusieurs lofts à SoHo dans les années soixante-dix, à l'époque où ce quartier était un repaire de junkies, de clodos et d'artistes en mal de surfaces bon marché pour travailler. Il l'appela et négocia avec lui pour qu'il me libère un de ses ateliers. Moi, j'appelai ma petite mère de substitution, Maria, à Ivry, pour partager avec elle ce grand moment de victoire.

Le vernissage était prévu à vingt et une heures, Gégé, en bon coach, prit une demi-heure pour m'emmener grignoter un sandwich afin de me briefer sur la suite des événements. Il commença par m'énumérer la liste des people qui seraient présents. Parmi eux, j'eus le plaisir de découvrir les noms de Parry Thingking et de ses jumeaux, Winston et John ; beaucoup de journalistes, des photographes, quelques amis marchands et le gratin de la création contemporaine de New York. En attendant que l'atelier soit disponible, Gérard proposa de m'installer à l'hôtel. « Est-ce que tu veux une chambre dans SoHo également ? » Mon oncle me demandait mon avis ? Cette expo sentait le gros carton !

J'avais rendez-vous le lendemain matin à la première heure avec une attachée de presse de L.A., Katia McQueen, une spécialiste de la fabrication minute de stars du show-biz, pas du tout spécialisée en art, mais copine avec le star system. C'est elle qui avait offert à mon oncle tout ce que son répertoire comptait de vedettes à qui il fourguait de temps à autre une toile de maître, mort ou vivant. En la découvrant, je n'eus pas besoin de demander à Gérard quel genre de services il lui avait rendus pour qu'elle lui fasse une fleur pareille : faux nez, faux seins, faux cul, tout était refait. Alors que lui avait tout de parfait, naturellement ! Aucune prétendante ne lui connaissait de maîtresses, ni d'amants, malgré les rumeurs d'homosexualité qui le précédaient. Il jouait sur les deux tableaux de façon impeccablement discrète. Sa beauté et sa liberté les rendaient dingues !

Les demandes d'interviews battaient leur plein, j'en avais pour des semaines. Je n'étais pas la nièce de mon oncle pour rien et déclarai donc à Gégé que j'étais d'accord pour la promo à condition qu'il me dédommage ! J'allais passer des semaines à répondre aux interviews, des semaines pendant lesquelles je ne pourrais pas travailler. Pour compenser, il fallait qu'il raque. « Combien veux-tu ? », demanda-t-il, sans me regarder. « Mille dollars la semaine. — OK, mais écoute-moi bien, qui dit thune dit contrat et dans le contrat il y aura des horaires et quelques règles de base à respecter, tu piges ?... »

Je comprenais parfaitement, il m'avait saoulée avec ça, cent fois, dans l'avion qui nous conduisait aux États-Unis : « *Primo*, pas de séance de pose avec des jeunes de moins de vingt et un ans, c'est l'âge de la majorité légale ici, et les parents de ces petits cons font des procès pour tout. *Deuxio*, pas de fugue les jours où tu as des rendez-vous de boulot, tes conneries pourraient me coûter des millions de dollars, souviens-toi lorsque tu venais me voir en prison à Genève... tu n'aimais pas ça, hein ? Moi non plus, et en Suisse c'est du cinq-étoiles, comparé à ici. *Tertio, no drugs*, même pas un petit pétard, cette fois c'est la tôle pour toi, mon lapin. La fête dans ce pays est interdite dans les lieux publics aux moins de vingt et un ans. Alors, ramène tes copains à la maison si tu veux, mais n'organise pas de fête sans m'en informer. Enfin, j'installe Maria dès que possible dans un appartement à côté de ton atelier, c'est elle qui s'occupera de toi, OK ? »

OK, de toute façon je n'avais pas le choix. Ça me paraissait étrange d'imaginer que je ne pourrais plus déshabiller des jeunes gens de moins de vingt et un ans sans risquer un procès !

Pour le vernissage, l'attachée de presse de Gérard m'avait réservé une séance de maquillage et de coiffure chez Mac, en face de la galerie. C'est Peggy, sa secrétaire, qui m'informa du rendez-vous. « Vous lui direz d'aller se faire voir ! Personne d'autre que moi ne doit s'occuper de mon “ look ”, comme vous dites. — Et votre rendez-vous chez Persace ? » fait la bimbo. « Pareil ! Vous leur dites que je déteste leurs fringues vulgaires. » Ah non ! le relookage n'était pas prévu dans mon contrat ! Je n'ai pas besoin de maquillage, je déteste les brushing, mes vieux jeans me faisaient un cul de rêve, même Gégé me l'avait dit. J'avais une batterie de petits hauts pour cent ans, j'étais d'accord pour m'en coller un sur le dos ce soir, avec quelques paillettes et porter une paire de talons, pour que mon oncle soit satisfait, mais c'était tout !

En attendant vingt et une heures, avec les mille dollars que Gérard m'avait donnés en liquide, j'envisageai de chercher un hôtel. Auparavant, je devais passer chez lui récupérer quelques affaires et me préparer un petit baise-en-ville. Mes bagages avaient été livrés par la compagnie aérienne dans son appartement, au 77 Park Avenue, près de Grand Central Station.

En arrivant, j'ai été accueillie par un doorman en livrée. Le porche ressemblait à celui d'un hôtel de luxe, avec une avancée protégée par un auvent vert et doré, coordonné au costume du portier. Un tapis rouge m'a conduite jusque dans le hall en marbre. Là, le concierge a demandé mon nom puis m'a accompagnée jusqu'à l'ascenseur. Le liftier a tiré la lourde porte grillagée et actionné une sorte de gouvernail en bois pour nous conduire au dix-septième étage.

L'appartement de Gérard donnait sur l'Empire State Building dont l'antenne était actuellement éclairée en jaune, vert et rouge en hommage à Martin Luther King. Parquets, moulures et cheminées dans toutes les pièces, on se serait cru dans un appartement parisien. Je me dirigeai vers le bar afin de me servir un petit verre de whisky-Coca pour me détendre. En sirotant, les yeux dans le vague, je pensai à ce soir, j'allumai une cigarette dans un profond soupir : je n'avais pas envie d'y aller, pas seule. Mes pensées allaient aussi à Clara qui n'avait pas donné signe de vie. Je lui écrivis un texto : « Où es-tu ? » Je détestais cette angoisse de solitude qui m'envahissait, j'aurais préféré être mal accompagnée que seule ! J'expédiai un second texto : « Ta bouche, tes seins, ton sexe me manquent. J'ai envie de te faire l'amour, mon ange, réponds-moi. »

Vingt heures trente, cela faisait vingt minutes que je buvais mon élixir au Coca alcoolisé, dans l'espoir d'oublier ce qui m'attendait au vernissage, en vain. Lorsque l'alcool ne marche pas pour oublier, il reste le sexe. Clara ne répondait pas à mes messages. Il fallait absolument que je trouve un amoureux lors du vernissage. Un beau *lover* à sculpter qui prendrait soin de moi à New York. En attendant, j'avais intérêt à filer sous la douche, si je n'étais pas à l'heure au vernissage, mon oncle allait me tuer !

John

Devant la galerie, c'est l'émeute. J'ai une demi-heure de retard et lorsque Gérard m'aperçoit dans la foule, je vois dans son regard une envie de me coller la fessée de ma vie. L'idée de lui avoir fait si peur me déclenche un fou rire. « Bouh ! tu vois, je suis là ! » Bon, ça ne le fait pas marrer, il me chope le bras et m'emmène dans son bureau. Là, il se met à gueuler comme un putois. Je laisse pisser, c'est de famille, mon père aussi hurle comme ça lorsqu'il est en colère. Il se calme, me propose une cigarette et dit finalement qu'il est heureux que je sois là. J'exécute un petit tour sur moi-même et lui demande : « Comment tu me trouves ? — Imbaisable ! » On éclate de rire tous les deux.

Je n'ai jamais sculpté Gégé. Le voir se déchaîner comme ça pour moi me touche et me donne envie de l'immortaliser. J'ai peur que les gens que j'aime meurent. Les sculpter calme mon angoisse. « Dis, Gégé, tu voudras bien être le premier à poser pour moi à New York ? — Plutôt crever ! Petite vicieuse ! Tu ne veux quand même pas que je te montre mon cul ! — Très drôle. Non merci, il doit être hideux. » Je suis vexée, j'ai horreur qu'on me dise non et je ne suis pas une petite vicieuse ! Tout compte fait mon oncle peut mourir, je m'en tape ! N'oublie jamais, ma fille, que ce gars-là prend soixante pour cent sur les ventes de tes œuvres.

« Allez, viens, mon lapin, dit Gégé, on a du boulot, ils te veulent tous et ça commence déjà à crier au génie. Alors, ne fais pas la gueule, tu perds ton temps, le mien, et le temps c'est de l'argent... » Il se marre, ouvre la porte de son bureau et me jette dans l'arène en hurlant : « *Ladies and gentlemen, here she is !* » Ma contrariété fond immédiatement sous la chaleur des flashes des photographes et les compliments qui fusent de toute part. J'aime qu'on m'aime et là, c'est inespéré, même Parry Thingking de CNN est subjugué. Je suis ravie que Parry m'admire car, comme promis, il est venu avec ses jumeaux, deux beaux garçons. Il faut que je finisse le boulot, vite fait, avant qu'ils ne partent, même si j'ai bien vu dans le regard de l'un d'eux une possibilité qu'il passe à l'attaque à la fin des mondanités.

L'attachée de presse, la copine refaite de Gégé, dira plus tard que ce soir-là, j'étais juste « géniale, adorable, sexy et pertinente ». « Que voulez-vous, j'ai les relations publiques dans le sang, un héritage de ma mère. — Ah bon ? », dit Complitly

Refaita. « Ta mère était aaaataaaachée de presse comme moi ? — Non, elle était stripteaseuse dans un cabaret de luxe, le Crady Chose Saloon à Paris, mais pour épouser mon père, un gosse de riche, elle s'est présentée à mon grand-père comme danseuse étoile de l'Opéra de Paris ! Elle lui a ramené les preuves de son nouveau statut, diplôme et coupures de presse. Sa motivation à devenir riche l'a transformée en redoutable faussaire. Mon grand-père n'y a vu que du feu. Après ce succès, elle a continué son petit jeu en société, si bien qu'aujourd'hui mon père a passé plus de temps avec la danseuse étoile qu'avec la stripteaseuse et il est désormais persuadé de l'avoir rencontrée dans sa loge de l'Opéra ! Il a fallu que je mette par hasard la main sur une photo d'elle, entièrement nue, pour connaître la vérité sur son passé de danseuse de cabaret. Quand je l'ai menacée de montrer la photo à toute la famille, si elle ne disait pas la vérité, elle a accepté de me fournir quelques explications. Elle avait peur que, en raison de son mensonge, Papy ne déshérite mon père. Ma mère sans fric, c'est la mort par asphyxie, un poisson hors de l'eau. Voilà pourquoi les faux-semblants, ça me connaît. — C'est gééééniaaal !, dit-elle. Il faut absolument que tu racontes cette histoire pendant tes interviews, ta mère ex-stripteaseuse, ton père riche héritier... Tu es née pour devenir une star, mon laaaapin ! »

Qu'est-ce qui m'avait pris de lui raconter tout ça ? Refaita discutait avec le mec de *Time*, je venais de lui offrir le détail qui lui manquait pour le convaincre de faire sa couv' avec moi. Gégé allait me tuer, il a toujours adoré ma mère, moi, je m'en foutais, elle ne risquait plus grand-chose à part une bonne vieille honte.

J'ai fini mon taf, il faut que je mette la main sur les jumeaux, je ne dormirai pas seule ce soir ! En voilà un, de trois quarts dos, contemplant une de mes œuvres. Et l'autre ? On verra plus tard. Je pose ma main sur son épaule : « Winston ? » Apparemment c'est le bon prénom, il se retourne en souriant. Zut ! Ce n'est pas le regard de tout à l'heure. Sans me démonter, je lui demande s'il sait où se trouve John, l'autre, le bon... Il n'a pas l'air étonné, et me tend une enveloppe sur laquelle figure simplement mon prénom.

Bingo ! Le beau gosse a dû craquer en me voyant sur le plateau de CNN pendant l'interrogatoire de son père. Je suis tellement joyeuse que je quitte Winston, oubliant de le saluer ! Cette histoire d'enveloppe m'amuse follement.

Je fonce annoncer à mon oncle que je sors et qu'il est inutile qu'il me cherche toute la nuit. Comme il est entouré d'une dizaine de Refaita collées à lui, il me laisse partir sans commentaire. Je file à l'anglaise par l'arrière de la galerie et m'arrête sous le premier lampadaire pour lire le mot de John. Il m'attend dans un bar près de Carnegie Hall.

En amour je me conduis comme un homme, il suffit qu'on me propose pour que je dispose. Les rencontres m'emplissent d'une immense gaieté, je suis shootée à la joie de découvrir, de plaire, de m'amuser, de faire l'amour. Et pourtant, ça se termine très souvent par une bonne gueule de bois : soit les mecs ne rappellent jamais, arguant du fait que, si je leur ai taillé une pipe le soir même, c'est que je suis une fille facile... ou alors, ils tapent l'incruste sur le thème « ce qui nous arrive est unique, ne nous quittons plus jamais... » alors que moi, je désire seulement terminer ma nuit seule, les oubliant dans un coin de mes rêves. Pour être franche, ce que je déteste surtout, c'est de me faire plaquer... Ça me donne des envies de destruction massive.

J'en suis là de mes pensées lorsque le taxi me dépose devant le lieu du rendez-vous. En l'apercevant seul à une table, j'ai une petite montée d'adrénaline. Je trouve ça très excitant qu'il ait envie que nous nous rencontrions en tête à tête.

John est à peine plus âgé que moi. Écrivain, il vient de publier son quatrième roman. « Il parle de quoi ton livre ? — C'est l'histoire vraie d'un crime épouvantable commis contre une jeune peintre américaine des années soixante-dix. Elle s'est fait assassiner, lors d'un voyage avec son fiancé en Europe, dans des circonstances jamais élucidées. » Il ajoute qu'il est incapable d'inventer des histoires originales. À part son goût morbide pour les histoires de meurtre, je le trouve parfait. Et si je le trouve parfait, c'est qu'il y a un loup. En l'occurrence, c'est une louve, une dénommée Jane, avec laquelle il partage ses jours et ses nuits depuis trois ans... une éternité !

« Moi, je suis célibataire », dis-je, sur un ton qui flirte avec le « voulez-vous coucher avec moi ce soir ? ». Je me console en me disant que son histoire de Jane m'arrange, car je n'ai pas l'intention de m'éterniser aux States. Il comprend instantanément que je suis *open* et propose que nous terminions la nuit à l'hôtel. Je lui laisse le choix des armes. Il me conduit dans un palace où l'accueil très chaleureux à la réception me laisse supposer qu'il y a ses habitudes. Je réserve mes questions à plus tard, sa langue introduite dans ma bouche dès la fermeture de l'ascenseur m'empêche maintenant de penser à quoi que ce soit d'autre qu'à mon envie croissante de faire l'amour avec lui.

Arrivés au dix-huitième étage, nous continuons à nous caresser dans le couloir. Rien ne compte plus que le plaisir que nous nous procurons déjà. John est un genre d'exhibo comme moi, nous commençons à faire l'amour dans le couloir. Il me déshabille de haut en bas, dévore mes seins, puis glisse sa langue le long de mon ventre ; là il fixe ses mains sur mes hanches et commence à me lécher le sexe. Il me fait jouir avec sa bouche, puis il me prend dans ses bras et me porte jusqu'à sa chambre en me glissant à l'oreille des insanités, très sexuelles, qui me font hurler de rire et me donnent encore plus envie de lui ! En entrant dans la suite, les lumières s'allument automatiquement, nous sommes face à la grande glace du dressing, lui tout habillé et moi nue. Nous recommençons à faire l'amour, j'oublie dans la chaleur de son corps qui je suis, d'où je viens et ce qu'il m'est permis d'espérer...

J'ai un peu mal partout lorsque nous nous glissons sous les draps. Son sexe a tellement parcouru le mien que j'ai la sensation qu'il est encore en moi. Il est cinq heures du matin, il désire rester dans mes bras, j'ai envie de le garder près de moi, la gueule de bois attendra un autre jour... Juste avant de m'endormir je reçois un texto de Clara : « Tu me manques aussi, appelle-moi... » Je sombre dans le sommeil en rêvant de la partager un jour avec John.

Mhelsea

Au petit matin, j'ai envie d'en savoir plus sur la fiancée trompée et sur les mobiles qui ont conduit John à commettre ce petit meurtre amoureux. Je lui pose la question, entre une bouchée de croissant et une gorgée de café chaud. Il répond avec un regard amusé : « Tu verras lundi ! » J'ai horreur des énigmes ! J'ai beau harceler John, il fait le con, sautille cul nu dans la suite et finit par s'enfermer dans la salle de bains.

J'allume une cigarette au lit et passe un coup de fil à mon oncle. « Salut, c'est moi. Dis-moi, Gégé, qu'est-ce qui se passe lundi prochain dans ce foutu pays ? » Il répond qu'il ne sait pas, qu'il s'en fout et que j'ai intérêt à être là, fraîche, dans une heure à la galerie pour l'interview de *Time*. Il m'emmerde cet obsédé du boulot ! N'empêche que je file dans l'autre salle de bains et, sous une douche glacée, je me refais un petit teint frais de matin de printemps. L'eau froide a momentanément calmé mon angoisse post-énigme. En partant je dépose un long baiser sur la bouche de mon nouvel amant et lui glisse à l'oreille que j'ai hâte de le revoir. Il promet de se libérer ce soir...

Dans le taxi, j'envoie un message à Clara... « J'ai rencontré un homme. » Clara répond immédiatement : « J'ai quitté le mien, veux-tu toujours de moi ? — Je t'appelle ce soir et je te fais l'amour. — À ce soir. »

Le journaliste de *Time* m'accueille avec un drôle de petit sourire complice. L'interview est un peu moins affligeante que celle de CNN. Je joue le jeu, je reste calme, je fais mon boulot studieusement en citant Paul Klee, et cette fois ça a l'air de passer...

Dans ce pays on est tenu de déballer son linge sale en public. Après la partie purement professionnelle, le monsieur s'attaque donc à ma vie privée ! Il veut que je parle de mes parents, de mon père rentier, de ma mère ex-danseuse au Crady et des affaires de mon oncle. Et puis comme ça, d'un coup, il lance : « On vous prête une liaison avec le futur gendre du président Bilton, le fils de Parry Thingking, l'écrivain à succès John Thingking, c'est vrai ? » Je cherche une réponse dans les yeux de mon oncle qui part en fou rire intérieur, son hilarité le fait tressauter.

Je m'excuse poliment auprès du journaliste et entraîne Gégé dans son bureau. « C'est quoi ce piège, tonton ? Comment est-il au courant ? —

Calme-toi, lapin, tu as dû te faire prendre en photo hier soir avec John Thingking, si c'est le cas, c'est un formidable coup de pub que tu nous offres, ta *love story* va faire la une de toute la presse à scandale. Merci beaucoup, mon chou, dès lundi, l'Amérique va découvrir ton visage et ton nom ! »

Énigme résolue. Je vais tuer cet enfoiré. Il savait qu'on s'était fait shooter en arrivant à l'hôtel. Pourquoi ne m'a-t-il rien dit ? Et pourquoi mentir sur la véritable identité de sa fiancée ? Qu'est-ce que je vais répondre à la fouine de *Time* ? Mon oncle lit dans mes pensées et donne une réponse définitive : « S'il sait, c'est qu'il a déjà les photos. Ne cherche pas à te débattre, c'est cuit. Avoue que tu as passé la soirée avec lui. » C'est bon, j'ai pigé. Dans un sourire crispé, je demande alors au journaliste de répéter sa dernière question. Il s'exécute et j'enchaîne : « Oui, j'ai rencontré John Thingking au vernissage de mon exposition, nous avons passé un peu de temps ensemble. Je ne sais rien de sa vie privée, elle ne me regarde pas. » Voilà, merci, au revoir et à bientôt. « Vous me rappellerez pour une séance de photos si vous faites votre couverture avec moi ? Je suis à votre entière disposition. Si j'accepte de poser nue ? Non, et c'est sans appel. »

Mais pour qui me prend-il, le scribouillard ? Il bosse à *Time* ou à *Penthouse* ? « Je parle de sexualité dans mon travail, monsieur, mais toutes les filles qui parlent de sexe ne sont pas forcément des prostituées ou des actrices porno. Moi, à part mes amants, je ne cherche à exciter personne. Je ne suis pas plus un objet sexuel que ne le sont mes statues. Vous comprenez ? » Gégé sent que mon interlocuteur commence à m'agacer sérieusement, aussi lui propose-t-il de revoir une dernière fois l'expo avant que nous nous quittions. Je m'éclipse sur-le-champ, j'ai un coup de fil urgent à passer au futur gendre du président des États-Unis.

Son téléphone sonne dans le vide, je tombe sur sa messagerie : « Je viens d'apprendre que ta fiancée est aussi la fille du Président. Décidément dans la famille Bilton on est cocu de mère en fille. À part ça, je te rappelle ta promesse pour ce soir... J'ai trouvé un petit hôtel dans le coin, je t'envoie l'adresse par texto, rejoins-moi là-bas. Si tu pouvais éviter de rameuter la presse, je n'ai pas eu le temps de me changer depuis hier et je t'en voudrais beaucoup de contribuer à faire passer les Français pour des gens sales ! »

Seize heures une. Cinq heures à tuer avant de retrouver John. J'ai hâte d'avoir mon atelier, j'ai envie de travailler. Ce pays de réacs m'inspire au plus haut point. Si John croit m'impressionner avec ses histoires de photos et de presse, il se met le doigt dans l'œil jusqu'au coude. Je suis prête à assumer toutes les dérives liées à la campagne de promotion orchestrée par mon oncle et son staff, parce que j'ai besoin de beaucoup d'argent pour acheter mon marbre et couler mes bronzes. Je veux vivre de mon travail et sculpter autant que je le désire.

J'ai une dette envers mon oncle. Un jour, j'aurai suffisamment de commandes pour me libérer de lui. Pour l'instant je ronge mon frein et j'en profite car... « je ne suis pas une peine-à-jouir ! Ne vous en déplaise bonnes gens ! je ne suis pas une peine-à-jouir et ça m'amuse de vous le dire ! ». Me voilà dansant et chantant dans les rues de SoHo. J'aime voir les passants se retourner en souriant sur mon passage. En attendant de posséder mon atelier, si j'allais m'acheter une bâche et de la terre pour modeler ? C'est parti ! Appelons la charmante secrétaire de tonton pour lui demander l'adresse d'un magasin de fournitures de beaux-arts.

Arrivée à l'hôtel, je monte quatre à quatre les marches de l'escalier pour atteindre le troisième étage où se trouve ma chambre. J'ai le cœur à deux cents en arrivant devant la porte. Cette petite décharge d'adrénaline me fait l'effet d'un micro-pétard, du coup, je suis plus calme en pénétrant dans mon futur atelier de fortune. En attendant mon matériel, j'appelle Clara, comme promis. Elle est chez elle à Paris. Je lui demande de se déshabiller et de se caresser, d'ouvrir ses cuisses et de m'offrir son sexe, d'exciter son clitoris. Avec ma voix j'envahis son corps, je le pétris, l'écarte, le lèche, le pénètre. Je veux qu'elle me dise son envie croissante de jouir et je veux l'entendre jouir. Je l'oblige enfin à jurer qu'elle viendra vite me rejoindre, puis je raccroche. Clara m'obéit, elle viendra...

J'installai mon atelier provisoire rapidement, j'avais hâte d'avoir les mains dans la glaise. Hâte de sculpter un personnage repéré dans la foule qui avait manifesté contre mon travail le jour du vernissage. Une jeune folle hystérique, qui se prenait pour la Vierge Marie et hurlait que mes nus étaient l'œuvre du diable et que j'allais mourir en enfer. Sa terreur des ténèbres était visible dans chaque trait de son visage. Ce corps effrayé par le désir, le plaisir, la jouissance, j'allais le sculpter maintenant.

Mon tête-à-tête avec la vierge timbrée a duré six heures. Enfin elle est là, debout, nue devant moi. Elle ouvre en croix ses pauvres petits bras en regardant son corps avec effroi.

Je me suis avachie dans un fauteuil et j'ai regardé mon travail. Il faudra que j'en fasse un marbre, sa blancheur morbide rendra encore plus intense cette sensation d'angoisse qu'elle éprouve en voyant son corps dénudé.

J'ai besoin d'air. J'ouvre mon portable, j'ai trois messages, un premier de Refaita, l'attachée de presse de tonton, qui hurle de joie en confirmant que le *Time* m'offre sa une pour la parution de lundi et que, pour la photo, j'ai rendez-vous aux aurores demain dans un studio de SoHo. Le deuxième message est un appel raccroché et le troisième, c'est John qui propose que nous nous retrouvions à son hôtel pour dîner aux alentours de vingt et une heures. Plutôt passer la nuit avec lui que seule comme un rat. Il est minuit. Sa voix au téléphone m'invite à le rejoindre dans sa chambre où il m'attend.

À une heure pétante, j'étais à son hôtel, à une heure cinq il me plaquait contre le mur de l'entrée de sa suite et me faisait l'amour tout en me regardant dans la glace. J'avais tellement envie qu'on s'occupe de moi que je me suis laissée aller à toutes ses envies. Après le hall, il m'a entraînée dans l'eau de son Jacuzzi, puis dans le grand lit où il a achevé de me faire oublier mon travail sur la vierge effarouchée, dans un immense soupir de satisfaction.

Nous étions là, deux silencieux bienheureux lorsque la sonnerie du téléphone a retenti. C'était sa fiancée ! Une scène de ménage après l'orgie amoureuse ? Mission impossible pour moi ! Je suis allée me replonger dans le Jacuzzi avec une cigarette et j'ai mis la radio à fond pour ne rien entendre. J'étais en train de chanter « *Libiamo ne' lieti calici* » à tue-tête lorsque John est entré le sexe à l'air pour demander où je voulais dîner. Lorsque je l'ai vu bander j'ai décidé qu'un *room service* serait parfait, dès que nous aurions assouvi notre appétit de sexe !

Nous nous sommes endormis à l'aube, j'avais oublié la séance photos pour le *Time Magazine*.

Déshabille-toi !

Pas mon chaperon d'oncle qui, *via* mon portable et une bordée d'injures, m'invitait à me bouger les fesses au plus vite. Huit heures du mat ! L'horreur ! J'avais dormi une heure.

Miss

J'arrive à la séance de photos, dans mes fringues froissées, résignée. Bienvenue dans l'antre du faux-semblant ! Je déteste l'ambiance des studios. Lumières artificielles, maquillage, coiffure, stylisme ; ici tout va à l'encontre de ma passion pour le réel. Le directeur artistique m'accueille ; un garçon à barbiche, « piercé » des pieds à la tête, couvert de bagues et les fesses moulées dans un jean pour fillette taille 38. Il porte un T-shirt haute couture dont il a grossièrement découpé les manches. La bouche en cul-de-poule, pleine à craquer de Botox, il s'avance vers moi, l'œil rutilant : « Bonjour, chérie ! je m'appelle Allan, c'est moi qui suis responsable du shooting », le tout, l'haleine déjà pleine de cannabis.

Je lui lance un « Hi ! » à peine aimable tout en cherchant mon oncle à la ronde. Point d'oncle à l'horizon, mais une batterie de petits clones d'Allan : deux coiffeurs blonds peroxydés, clope au bec, deux maquilleurs en train de se faire un petit raccord en gloussant devant la glace et, plus loin, une fille seule. Elle est filiforme, ornée d'une paire de faux seins prêts à s'échapper du décolleté de son bustier, ses yeux sont voilés par un nuage de fard noir, sa bouche est claire et pulpeuse, l'épaisseur de sa chevelure brune laisse deviner son origine asiatique. Elle bâille dans son coin lorsqu'elle m'aperçoit et m'adresse un signe, entre le bonjour et le pardon de bâiller ainsi, avec un gentil sourire qui me fait immédiatement songer à Clara. Pourtant elle n'est pas aussi jolie que Clara, mais je devine qu'elle aime les filles. Ça la rend sexy d'un coup. J'ai besoin d'un petit remontant pour me changer les idées.

Allan m'offre un café et prie la jeune créature de bien vouloir me montrer les vêtements qu'ils ont sélectionnés. Le portant arrive dégoulinant de sapes et d'accessoires « tendance », un florilège de vêtements vulgaires : batterie de strings griffés, petits hauts moule miches gonflées, tailles très basses, vue sur la raie des fesses, pantacourts et hauts talons. Pas une fringue à moins de 500 euros. La sélection est à la hauteur du mauvais goût du styliste à qui je demande s'il ne se fout pas de moi ! Ma nouvelle amie ne me quitte pas des yeux. Non d'une pipe, il faut qu'elle arrête de me regarder comme ça, elle me donne des frissons et l'envie de lui sauter dessus !

C'est à ce moment-là que Gégé fait son entrée avec Refaita qui se retrouve avec le styliste dans les bras, en pleurs ! Après une courte explication, Allan part se moucher et Refaita vient me parler. En vain, je refuse d'enfiler ces chiffons de luxe. J'allume la dernière cigarette de mon paquet juste au moment où le photographe se pointe. Refaita le salue et lui explique le souci qui bloque le déroulement de la séance. Il se présente, Marc Moore, me félicite pour mon exposition. Je l'écoute à peine car, avec ses yeux de chat, Miss, un peu trop maigre, m'invite à la suivre vers les toilettes.

C'est ce qui s'appelle un coup de foudre sexuel. J'avais oublié ma nuit avec John, oublié Clara, je ne rêvais plus que de prendre cette jolie fille à pleine bouche. En arrachant son petit top, je découvre que ses seins ne sont pas si faux que ça. J'avais été très mauvaise langue ! Pour rattraper mon erreur et me faire pardonner d'eux, j'entreprends de les lécher, de les sucer et de les mordiller consciencieusement pour les satisfaire. L'heureuse propriétaire de cette poitrine généreuse pousse bientôt des gémissements qui m'autorisent à prendre possession de sa petite chatte, que je découvre avec bonheur. Elle jouit rapidement sous mes caresses et entreprend de me faire gémir à mon tour. L'extase est trop brève, comme toujours en de pareilles circonstances. De l'autre côté de la porte, on nous attend... Mon oncle surtout qui gueule comme un veau en tapant sur la porte pour que je sorte de là. Je quitte les toilettes sans un regard pour lui et dérive doucement vers le studio. Je plane, encore fourrée dans la chaleur du sexe de cette fille qui ne m'a même pas dit son nom...

Lorsque le photographe arrive près de moi, sonnée par le plaisir, je l'entends à peine. Il a une idée de génie, dit-il, pour contourner le problème de stylisme : il faut me photographier nue, comme mes statues. Mon oncle ne dit rien, il consent donc ? C'est tellement énorme que je ne réagis pas. Je suis crevée, ils sont tous au bord de me ferrer. Je sens en moi un brin de lassitude, le piège est ouvert et ma faiblesse se rue dedans. Marc Moore dit qu'il est au courant de mon aventure avec John. Il a vu les photos, il ne faut pas que je m'inquiète, elles sont très jolies. Il confirme aussi que John est officiellement fiancé à Mhelsea depuis six mois et qu'il traîne une sacrée réputation de *star fucker*. D'après lui, il s'était déjà fiancé à deux jeunes actrices hollywoodiennes avant de s'attaquer à la fille de Bilton. Grâce à elles, et à la notoriété de son père, il s'était imposé en quelques années dans le milieu du show-biz.

Quel intérêt ce photographe quadra a-t-il à me raconter ça ? John est libre de faire ce qu'il veut. En me rendant ma colère le photographe libidineux me rend aussi la vue. Avec son flot de paroles en fond sonore, je me souviens qu'il m'a proposé de poser nue. Un moment d'égarement m'avait laissé apparaître la chose possible. Il réalise que je ne l'écoute plus et demande si je suis prête. Je le regarde fort aimablement et lui dis d'aller se faire voir. Il hurle que je ne sais pas à qui je m'adresse, que je ne suis personne pour lui parler comme ça !

Je me lève pour partir au moment où Gégé réapparaît dans le studio. Mon oncle, c'est l'homme qui tombe à pic, l'empêcheur de foutre sa vie en l'air. Il est là avec sa tronche de père fouettard qui va m'en coller une si je ne fais pas demi-tour. En m'avachissant dans la première chaise venue, comme je n'ai plus de cigarette, je m'attaque aux ongles de ma main droite. Je connais Gégé, il n'osera pas me passer un savon en public, il va d'abord discuter avec le disciple de David Hamilton. Ensuite il me lance un regard noir assez explicite. Il sent l'enfer, mon oncle, dans ces moments-là. Pour me donner du courage, je me remémore ma petite pause sexe dans les toilettes avec la miss que je rejoins au maquillage, dans l'espoir qu'entre deux coups de pinceau, elle glisse sa petite langue mouillée là où subitement je me sens si vide...

La commande

De retour à l'hôtel, seule, je m'écroule dans un fauteuil. Le silence de ma chambre est étourdissant. Mes oreilles bourdonnent, j'ai la nausée. J'avale un Coca, pour la forme. Il faut que je dorme. Je me glisse tout habillée sous la couette et ferme les yeux, dormir... Je suis trop tendue, ça ne marche pas. Je me relève immédiatement. Saleté de Coca. Enfouir mes mains dans la terre, maintenant !

Je me calme doucement au contact de la glaise. J'attaque une étude : John, futur cadavre de pierre. Je lisse la terre sur son dos, ses épaules, je lisse son visage de dormeur. Il est couché sur le flanc gauche, à la manière d'un animal, totalement inoffensif. Tout son corps est détendu, sauf sa main droite crispée qui enfonce ses ongles dans le sol. On dirait qu'elle le retient d'une chute. Après quelques heures de travail, je me sens mieux et décide d'aller faire la connaissance du barman.

Il est dix-huit heures, j'allume mon portable. En me reconnectant avec le monde, j'ai un petit sentiment de dégoût qui me rappelle que je suis complètement givrée ! J'ai un message de Gégé qui souhaite savoir où je dîne ce soir. John m'annonce son absence de New York pour la soirée. Puis un appel raccroché. John à nouveau, il rentre demain et propose que nous déjeunions ensemble. Avec plaisir ! Pas de texto de Clara. Elle doit sans doute se dire que je me languis, et elle a raison. Nous sommes dimanche, c'est aussi pour ça que j'ai le bourdon. J'ai développé quelques automatismes de cafard : les dimanches, les sorties de cinéma, les jours fériés et les amants sans lendemain.

Lorsque j'arrive au bar, la salle est vide, c'est raccord. Le barman est une barmaid, ce qui ne me dérange pas. Sauf que celle-là a un accent du Texas à couper au couteau qui ne convient pas à mon besoin vital de beauté. De plus, elle est bavarde. « Oh, mais vous êtes française ? dit-elle. — Et également à moitié suisse. — Ah bon... Mais c'est où exactement la Suisse ? »

En griffonnant un plan de l'Europe pour la demoiselle, j'avale cul sec une petite coupe. Je quitte la serveuse hilare, elle n'en revient pas qu'un truc si petit, la Suisse, soit un pays !

La nuit tombe lorsque je monte dans un taxi rejoindre mon oncle. La beauté de New York me titille les entrailles, une émotion hybride m'envahit, ça oscille entre la grande joie et le gros désespoir. La Grande Joie, dans mon cerveau débile, se réjouit de tant de beauté, tandis que le Grand Désespoir m'assène : « Mais qui es-tu, toi, au milieu de tant de beauté ? »

J'appelle Maria, sa voix me rassure immédiatement. Elle est passée à mon atelier parisien pour récupérer des papiers et a été surprise de trouver la porte non verrouillée. Je lui explique que j'ai laissé un trousseau de clefs à ma fiancée du moment qui a dû oublier de refermer derrière elle. Maria est tellement habituée à me voir changer de maîtresse ou d'amant comme de chemise qu'elle ne pose aucune question. Elle dit aussi avoir croisé mon voisin, Platon, qui rentrait d'un court séjour à l'hôpital. Les pompiers l'avaient récupéré à poil en bas de l'immeuble, bourré comme un coing. Il avait demandé de mes nouvelles et aussi un peu d'argent. Je fais promettre à Maria de lui donner ce qu'il demande et de passer régulièrement vérifier qu'il ne manque de rien. Je suis attachée à mon vieux modèle, il est sans famille et sa solitude m'inquiète. Maria ne sait pas encore si elle me rejoindra aux États-Unis. Je la rassure en lui disant que tout se passe bien et lui réclame un dernier petit service : avant de raccrocher, peut-elle vérifier sous les oreillers de mon lit, s'il y a toujours le billet d'avion que j'ai laissé pour Clara ? Elle s'exécute, visiblement amusée. Sa réponse me met d'excellente humeur !

J'éteins mon portable en arrivant devant l'hôtel Plaza où mon oncle m'attend. Le dîner se déroule comme prévu, Gérard nous gave de foie gras chaud, homards, pigeons aux petits pois et fondant au chocolat, le tout accompagné de jurançon et d'un grand bordeaux. « Il est l'heure de s'enivrer ! Pour ne pas être les esclaves martyrisés du Temps, enivrez-vous sans cesse ! De poésie, de vin ou de vertu, à votre guise. » Deux heures après mon arrivée dans ce restaurant, grâce à Baudelaire, je suis enfin grisée. J'ai noyé dans le vin l'ennui qui me ronge depuis le début de ce repas au cours duquel mon oncle n'a parlé que de business ! Je pense à John, il me manque, j'ai envie de faire l'amour avec lui.

« Et toi, Gégé, tu fantasmes sur qui en ce moment ? Avoue, tu as remis le couvert avec ta vieille copine Refaita ? » Oncle Gérard fait sa tête, genre cause toujours, tu m'intéresses... Il lui faut beaucoup plus que du pinard pour se laisser aller à l'ivresse des sommets. Il est donc parfaitement conscient de ce qu'il dit au moment où il déclare :

— J'ai reçu un coup de fil de Mhelsea, la fille de Bilton, elle veut te passer une commande.

— Alors là, c'est Dallas ! La fiancée de mon amant me passe une commande !

Je m'esclaffe. On est en plein vaudeville ! Je refuse de travailler pour elle.

— Tu ne peux pas refuser, lapin. » Cette façon qu'il a de m'appeler lapin m'horripile, alors j'aboie :

« Et pourquoi, je te prie ?

— Parce que c'est la fille du président des États-Unis.

— Bon, on reprend, tonton, je t'explique, je couche avec le fiancé de cette fille, elle le sait. Malgré tout elle veut passer une commande, ce qui implique de me donner beaucoup d'argent. Elle me prend pour une pute ou quoi ?

— Oui, certainement, mais ce n'est pas le problème. Mhelsea doit être très amoureuse de John, et si elle ne l'est pas, elle a son honneur à sauver dans cette histoire. Le seul moyen d'y arriver est de nier ton aventure avec John. En se rapprochant de toi par le biais d'une commande, elle entre dans ton intimité. Tu deviens une amie, vous allez poser ensemble pour les magazines et le doute va naturellement naître sur ta liaison amoureuse avec son fiancé. Tu comprends ? »

Je comprends surtout qu'elle doit avoir un sacré service de presse autour d'elle pour avoir imaginé un scénario pareil.

« Et quand veut-elle me rencontrer, miss cocue ?

— Le plus rapidement possible. Demain, à la galerie, à treize heures.

— Demain ? Je ne suis pas libre avant quinze heures. C'est pas la peine de discuter, Gégé, c'est comme ça. » À treize heures, j'ai rendez-vous avec John pour déjeuner, l'occasion rêvée d'en savoir plus sur cette histoire, juste avant ma rencontre au sommet avec Mhelsea.

Sexe

« J'ai envie de toi. » Ce sont les premiers mots que John a prononcés en me retrouvant à l'hôtel, où nous étions convenus de déjeuner. Il a pris ma main et m'a dirigée vers l'ascenseur. Il a envoyé l'engin en direction du dernier étage et a introduit sa langue dans ma bouche, réduisant à néant toute possibilité de conversation. Quand il s'est collé à moi, j'ai senti qu'il bandait. À partir de là, j'ai définitivement cessé de penser à autre chose qu'à son sexe. J'avais envie de le prendre dans ma bouche, alors j'ai plongé vers lui et j'ai commencé à le sucer. Lorsque l'ascenseur s'est arrêté, nous nous sommes réfugiés dans l'escalier de secours. Là, j'ai repris son sexe dans ma bouche, il a décidé de jouir comme ça. J'ai adoré son goût. Il m'a relevée, a viré mon T-shirt et mon soutien-gorge et a dévoré mes seins. Excité par mon plaisir, il s'est remis à bander et a déboutonné mon jean. Il a ensuite glissé ses doigts dans mon sexe lentement, profondément, pendant de longues minutes jusqu'à ce que je ne supporte plus la frustration de ne pas sentir son sexe en moi. Il m'a totalement déshabillée et s'est reculé pour me voir nue. J'ai ramené son corps contre le mien et j'ai glissé son sexe entre mes cuisses. J'ai joui instantanément. Il savourait chacune de mes jouissances en retenant la sienne. Enfin, il m'a plaquée face au mur et m'a prise de dos, une main contre ma bouche et l'autre sur mes seins. Là, il a pris son temps, en me pénétrant profondément. Il s'est retiré pour jouir contre mes fesses. J'étais toute dégoulinante de lui et toujours nue lorsqu'il m'a fait dévaler l'escalier en riant jusqu'au troisième étage pour regagner ma chambre.

En ouvrant la porte, il m'a attrapée par la nuque, m'a ramenée vers lui pour m'embrasser à nouveau lorsqu'il a réalisé que la chambre avait été transformée en atelier. Il a immédiatement découvert son double de glaise, nu, au sol. Il m'a abandonnée pour le regarder, et a tourné autour de la sculpture quelques minutes, en silence. Le temps pour moi de reprendre mes esprits, d'enfiler un peignoir et de constater que j'avais rendez-vous avec Mhelsea une heure plus tard. Mais qui était ce type sexuellement dément qui rôdait autour de sa sculpture dans ma chambre ? J'allumai calmement une cigarette, bien décidée cette fois à lui poser quelques questions. C'est lui qui posa la première :

« Pourquoi cette main crispée, accrochée à la terre ?

— Pour te retenir d'une chute.

— Quelle chute ?

— Je ne sais pas. Une chute fatale ! Mortelle ! » Je clame ces derniers mots, en riant : « Ça te plaît ?

— Oui, c'est beau. Je suis impressionné. Que vas-tu en faire ?

— Certainement un marbre, peut-être un bronze, je ne sais pas encore. Dis-moi, John, est-ce que tu sais que j'ai rendez-vous avec Mhelsea dans moins d'une heure ? »

Je vois John se vider de son sang. Il est devenu gris clair, comme sa statue.

« Pour quoi faire ? demande-t-il.

— Pour préparer une battue dont tu es le gibier, semble-t-il. Quels sont tes rapports avec elle ?

— Nous sommes fiancés.

— Alors pourquoi as-tu organisé ce cirque médiatique autour de notre rencontre ?

— Je n'ai rien organisé, les paparazzi me suivent en permanence depuis que je suis avec elle.

— Et ta blague idiote de l'autre fois "Tu verras lundi" qui faisait référence à la sortie des journaux people... tu la justifies comment ?

— Comme une plaisanterie, rien de plus. Je savais qu'on se ferait shooter, j'étais content que ce soit avec toi, c'est tout.

— Tu sais que tu as une sale réputation de gigolo, John ?

— Je sais que "je suis un fils de", et que ça dérange beaucoup de monde.

— Comment marche ton dernier livre ?

— Mal, mais je ne vois pas le rapport.

— Le rapport c'est, paraît-il, que tu te sers de tes fiancées pour vendre tes livres.

— Mon dernier livre est mauvais, je l'ai bâclé, c'est pour ça qu'il se vend mal. Aucun coup médiatique ne pourra sauver ce torchon du naufrage. Sauf, peut-être, un mariage avec Mhelsea.

— À ce propos, tu te maries quand ?

— Je ne sais pas.

— Si tu hésites un instant à cause de moi, tu te mets le doigt dans l'œil jusqu'au coude. J'en aime une autre.

— Comment ça, UNE autre ?

— Oui, UNE autre.

— Une fille ?

— Une femme, oui !

— Tu te fiches de moi !

— Qu'est-ce que vous êtes réacs, vous les Américains, oui, j'aime une femme ! Elle s'appelle Clara, je l'attends d'un jour à l'autre.

— Elle aime aussi les hommes ?

— Tu peux toujours rêver ! Revenons plutôt à Mhelsea s'il te plaît... Elle veut me voir pour me passer une commande.

— C'est génial, vas-y.

— Comment ça, c'est génial ?

— Elle en a les moyens, qu'elle le fasse. Où est le problème ?

— Le problème, c'est toi. Elle a une image de marque à préserver, être cocue la veille de son mariage, c'est mauvais pour elle. Elle veut tromper la presse en copinant avec moi ; si elle me fréquente publiquement ça paraîtra moins louche qu'on nous voie ensemble... on dirait que cette fille t'adore... elle est prête à payer une fortune pour te garder !

— Elle est accro ! dit-il en se marrant.

— Et toi ?

— Je l'aime, évidemment, mais je préfère ton petit cul à toi...

— Quel poète ! J'ai promis à mon oncle, sur ma tête, que j'irais à ce rencard, j'y vais. Si tu veux, on se retrouve ici vers dix-huit heures. Ça te va ?

— Je ne bouge pas d'ici, je t'attends », dit-il, s'allongeant sur mon lit.

En quittant l'hôtel, une pointe aiguë de jalousie me conduit à penser que ce mec est un vrai petit salopard : cent pour cent amoureux de sa future femme, mais trop obsédé sexuel pour s'en contenter. Il la trompera toute sa vie. M'en fous, qu'il l'épouse !

Samantha

Mhelsea m'a fait poireauter deux heures à la galerie. « Ça te fait les pieds, dit mon oncle, comme ça tu te rends compte de ce que tu me fais subir avec tes retards permanents. » Deux heures à attendre dans cette ambiance horrible ! Gégé était de mauvaise humeur, le retard de la demoiselle lui tapait sur le système. Même après quarante ans de métier, il ne supportait pas l'idée qu'une vente puisse lui échapper. Moi j'étais certaine qu'elle finirait par se pointer. Elle voulait me voir de près, je serais plus facile à haïr de loin, ensuite.

Elle est arrivée dans une limousine avec chauffeur, accompagnée de son chien, un labrador chocolat, et flanquée d'une grande bringue blonde, extrêmement sexy. Mhelsea était sans surprise, rousse, catégorie pas jolie, couverte de taches de son, avec un air supérieur insupportable.

Mon oncle l'a reçue comme une princesse, en lui baisant la main, un vrai gentleman ! Il était en train de la complimenter sur son chien lorsque je me décidai à entrer en scène. Je m'étais outrageusement aspergée du parfum de John, un petit test sadique pour connaître ses sentiments à l'égard de mon objet sexuel du moment. En m'approchant d'elle, j'ai vu son visage se défaire de toute la hauteur dont il s'était drapé ! Elle a reçu ce coup olfactif en pleine tête et j'ai senti son corps se raidir de douleur. Sa main était glacée lorsqu'elle a serré la mienne. John lui manquait de toutes ses forces.

Bien, j'avais donc affaire à une grande malade. Une de ces dingues qui cristallisent à fond sur leur mec et croient mourir lorsqu'elles sont larguées. Mais un amour chasse l'autre ! La jolie blonde qui t'accompagne ne t'a pas appris ça ? John est certes un bon coup, mais de là à se vider de son sang pour lui, je trouve qu'elle déconne la fille du Président. Faudrait la sortir un peu de son palais, la môme. Avec le pedigree qu'elle a, je lui trouve des beaux mecs à la pelle pour lui en rouler une. Et puis, elle fait fausse route en se tapant un écrivain à la mode, ce qu'il lui faut c'est un type que la politique fait bander. Un homme du même milieu qu'elle, qui s'intéresse aux arts, à la musique classique ! Pas un âne comme John qui ne pense qu'à baiser et ne fait aucune différence entre une symphonie et un concerto !

J'en étais là de mes tergiversations à l'endroit de mademoiselle Mhelsea lorsque son amie m'a prise par le bras pour m'entraîner loin d'elle et de mon oncle. J'avais pensé à beaucoup de choses mais pas à ça. Pas au coup de la copine lesbienne !

Après un préambule sans intérêt sur mes œuvres, qui ne la touchaient pas plus que le sexe des hommes, elle a été très directe en me proposant un rendez-vous le soir même. J'ai accepté, en glissant ma carte de visite dans l'élastique de sa petite culotte... C'est dans ce genre de circonstance qu'on mesure son attachement sentimental aux rencontres de grands chemins. Je n'étais attachée qu'à mon plaisir et le corps de Samantha était plein de promesses.

Pendant ce temps, mon oncle avait rendu un peu de couleurs à la martyre de l'amour qu'il promenait galamment de sculpture en sculpture, lui décochant ses plus tendres sourires. Mhelsea et sa suite ne sont restées qu'une demi-heure à la galerie. Elle est repartie en prenant soin, cette fois, de me saluer de loin. Oncle Gérard avait l'air satisfait, Samantha et moi aussi...

J'ai téléphoné à l'hôtel pour savoir si John était sorti. Il était encore là. Quelle idée j'avais eue de le laisser m'attendre dans ma chambre ! Une erreur de débutante. J'ai demandé qu'on me passe la communication et sans lui laisser le temps de poser la moindre question sur l'entretien avec Mhelsea, je lui ai fait le coup de la femme pressée, désolée de devoir annuler notre soirée. Il a eu l'air de gober le mensonge comme une fouine un œuf de poule, très naturellement. Premier mensonge avant catapultage dans les bas-fonds de mes souvenirs américains.

Oncle Gérard avait de quoi être satisfait, Mhelsea avait passé commande d'une œuvre monumentale pour sa fondation personnelle, la Hillary Clark Foundation of Modern Art, une des plus importantes fondations d'art contemporain américaines, créée au siècle dernier par sa grand-mère maternelle. Elle avait versé cinquante pour cent du prix de la commande à mon oncle tout à l'heure, je n'avais rien vu, trop occupée à viser juste par-dessus la jupe de Samantha, pour glisser ma carte dans sa petite culotte et plonger mes yeux sur sa toison brune de fausse blonde. Paiement du reste, à la livraison, dans dix mois ! Gégé a ouvert une bouteille de champagne et m'a collé un baiser sur la joue que j'ai aussitôt essuyée d'un revers de la main. J'ai horreur de ces effusions. Ça me dégoûte, parfois, la tendresse.

En sortant de la galerie, légèrement pompette, j'ai envie de voir la mer. Je traverse SoHo en direction de Battery Park, à la pointe de Manhattan, et me retrouve bientôt dans le quartier des affaires, en pleine jungle. Les immeubles de pierre, de verre ou de béton sont si hauts que j'en perds de vue le ciel. Pour ne pas me dissoudre complètement dans cette folie des grandeurs, je décide de stopper cette promenade à la verticale pour me concentrer sur ce qui se passe en bas, dans la rue. Des badauds sont accrochés aux palissades entourant Ground Zero. Ils se haussent sur la pointe des pieds, pour constater les effets du désastre. Des mendiants mendient, les passants passent, les voyeurs matent, chacun à son rythme, selon son objectif.

Mon rythme à moi s'accélère, j'ai de plus en plus besoin de voir l'horizon. En débouchant sur Battery Park je pousse les portes imaginaires de cette issue de secours sur la mer et fonce jusqu'au port. Je m'allonge sur un banc pour me dégriser. Le manège des nuages blancs et le souffle du vent me bercent. Je ne me souviens pas m'être endormie lorsque le portable me tire d'un profond sommeil. Sur l'écran couleur le visage de Clara apparaît et disparaît au fil des sonneries. Je n'ai pas les idées assez claires pour décrocher, je me rendors avec un sourire béat, le téléphone sur le cœur.

Pas de répit pour les ivrognes ! Cette fois, c'est un gars de la police montée qui me secoue comme un prunier. Il faut que je bouge de là. J'ai compris et m'excuse gentiment, prenant soin de ne pas lui parler trop en face. « Vous comprenez, monsieur, c'est le décalage horaire, je suis tombée comme une mouche ! Merci de m'avoir réveillée, non, non, il ne me manque rien, un coup de bol, je sais. »

En sortant de Battery Park je m'envoie un Coca *extra large* dans la première boutique du coin et saute dans un taxi en direction de mon hôtel. J'écoute mes messages : Clara arrive dans quarante-huit heures ! Quant à Samantha, elle me propose de la rejoindre chez elle, près de Times Square, dans deux heures environ. Ça me va. Une nuit passée avec elle, et il ne restera qu'une journée à attendre Clara.

En débarquant chez Samantha, vers vingt et une heures, au cinquante-troisième étage d'un building luxueux de la 7e Avenue, je me retrouve au milieu d'une vingtaine de filles complètement nues. Elles grignotent devant un film, une crétinerie hollywoodienne avec Demi Moore. « Je n'ai rien contre ce genre de petite réunion, dis-je à Samantha, mais je déteste regarder la télé à plusieurs, ça me colle le cafard, alors habille-toi, on sort. » Je la sens déçue à l'idée d'abandonner sa tribu de gazelles multicolores. Il faut dire qu'elles sont extrêmement excitantes. J'ai l'impression d'être dans les coulisses d'un défilé de lingerie, une seconde avant les essayages. Samantha me fait attendre. Si elle compte sur moi pour changer d'avis, elle a du nez, car je suis sur le point de me jeter dans l'arène : deux de ses biches ont entrepris de s'offrir mutuellement en dessert, ce qui donne des envies de sucré à tout le monde !

En quelques secondes, tournant leurs yeux vers moi, elles me font endosser le rôle du voyeur. Elles ondulent comme des sirènes, leurs soupirs érotiques m'invitent à les rejoindre. Je m'en veux de ne pas avoir pris mon appareil photo et jure de ne pas l'oublier la prochaine fois. Samantha m'a rejointe avec une coupe de champagne, j'ai envie d'elle, mais pas au milieu des autres. Elle m'entraîne un peu plus loin dans une chambre qui offre une vue sublime sur la ville. En un clin d'œil elle est nue, dos à la baie. Je vous jure qu'à cet instant la beauté de Manhattan a tout à envier à cette fille.

Je n'ai rien su cette nuit-là de l'amitié qui liait Samantha à Mhelsea. Samantha n'était pas bavarde, elle était juste obsédée par le sexe. Nous ne sommes pas restées seules très longtemps, ses copines nous ont rejointes, puis quittées dans un incessant va-et-vient toute la nuit. C'était leur truc à elles, se partager. J'ai ainsi pu faire la connaissance de Juliet qui m'en a appris un peu plus sur la vie de notre hôtesse.

Samantha était une gosse de riches, très riches. Pas de course à l'argent ni à la notoriété pour elle, son blé en avait fait une star dès la naissance. Après des études complètement foirées, elle avait débuté une carrière de mannequin. Ça aide à vendre la soupe, les noms célèbres ! Elle s'était donc laissé dire qu'elle était merveilleuse pendant des années par des hommes qui n'en voulaient qu'à son blé. Sa raison de vivre, elle l'avait trouvée dans le sexe des filles. Les tabloïds américains l'avaient imaginée fiancée à une flopée de vedettes mâles du monde entier. Elle laissait le doute planer, afin de jouir en secret.

Au lever du jour, j'ai quitté le petit lupanar rose de Samantha avec Juliet. Au pied de l'immeuble où elle organisait ses nuits d'amour nous avons décidé de nous offrir une petite balade dans les rues désertes de Times Square. Les aiguilles de l'horloge au-dessus de l'hôtel Renaissance étaient à la verticale, plein sud. Les vendeurs de beignets et de café avaient l'air seuls au monde. Encore une petite heure et le quartier serait envahi par une foule bigarrée. Juliet m'apprit qu'elle était étudiante en musicologie à la Julliard School. Elle avait découvert mon travail dans le *Time Magazine*, puis à la galerie, et voulait en savoir plus sur ma façon de travailler. « Viens poser pour moi, j'ai besoin de modèles pour une commande importante, tu seras au cœur du processus ! » Elle partit dans un immense rire, me traitant d'obsédée ! Il fallut que je lui explique très sérieusement que Mhelsea m'avait commandé une œuvre monumentale pour sa fondation et qu'en débarquant hier soir chez Samantha j'avais eu la révélation du prochain sujet que j'allais sculpter : un groupe de filles en train de faire l'amour, ce que je n'avais jamais fait. Ma proposition était très sérieuse, il fallait impérativement qu'elles soient majeures, et libres plusieurs heures par semaine pendant au moins trois mois. Mon oncle les engagerait par contrat, pour un salaire non négligeable qu'elles négocieraient directement avec lui.

Juliet m'a traitée de dingue, déclarant qu'un sujet comme celui-là était bien trop sulfureux pour une fondation comme celle de Mhelsea ; qu'elle imaginait mal la famille Bilton s'émerveiller devant un groupe de lesbiennes déchaînées, même pétrifiées. J'ai rétorqué que par contrat j'étais libre de mon sujet, que si la fondation décidait de ne pas exposer l'œuvre ce n'était pas mon problème. Je n'avais pas signé d'exclusivité et j'étais libre de réaliser cinq éditions de cette sculpture. La fondation aurait la jouissance exclusive de la première œuvre pendant un an, à condition de l'exposer. Sinon, je ferais circuler les autres éditions dès la date fixée pour le vernissage. Plus j'en parlais à Juliet, plus je savais que je tenais là mon sujet. J'avais besoin d'elle, de Samantha et de toutes leurs copines volontaires.

Il était sept heures lorsque nous sommes arrivées en vue de Central Park, à la hauteur du mythique Carnegie Hall. Après cette petite balade et notre nuit blanche nous étions affamées. Nous sommes entrées dans une boutique qui regorgeait de muffins. Juliet avait compris l'importance et le sérieux de mon projet, elle promit de m'aider à recruter des filles. Je précisai quand même que je n'avais pas besoin d'un casting de gravures de mode, comme chez Samantha. Autour d'un café nous avons parlé de nos vies respectives, de Clara, de son arrivée dans quelques heures. Elle voulait en savoir plus sur ma liaison avec John, s'étonnant de mon goût pour les deux sexes. Je n'ai pas cherché à lui donner d'explications, je savais que je n'en avais pas.

J'ai rejoint mon hôtel vers neuf heures, la voie était libre, John m'avait laissé un billet doux sous l'oreiller, je l'ai froissé puis jeté dans la corbeille à papier. Je ne pouvais m'empêcher d'être jalouse de Mhelsea. Ce crétin allait l'épouser. Avant de me coucher j'ai rôdé un moment autour de sa sculpture en glaise, effectuant ici une petite pression pour creuser ses joues, rajoutant là un peu de matière pour arrondir un muscle sur son dos. Il était presque parfait. J'ai été interrompue dans mon travail par la sonnerie du téléphone. Les mains pleines de glaise, j'ai décroché : c'était mon oncle m'annonçant que je pourrais enfin emménager dès ce soir à l'atelier, si je le souhaitais. Cette bonne nouvelle m'aida à trouver le sommeil.

Lova

J'ai dormi dix heures en rêvant à mon nouveau projet. Comme je n'avais pas pris soin de me faire réveiller, j'ai raté l'arrivée de Clara dont j'écoutais les messages catastrophés sur mon portable. Franchement, ça me faisait rire d'imaginer Clara, seule au monde, à Kennedy Airport ! J'étais vengée de son absence ! L'avion avait atterri à quinze heures, cela faisait quatre heures qu'elle attendait ! Après une bonne douche, j'ai mis fin à son inquiétude en l'appelant et lui ai proposé de me rejoindre en taxi à l'hôtel. Sa voix était douce et sans amertume. Elle est comme ça Clara, gracieusement soumise.

Pour me faire pardonner, j'ai commandé des fleurs et du champagne. Nos retrouvailles furent joyeuses, elle trouva magnifique la sculpture de John sans le moindre étonnement de la voir posée là. Elle avait eu le temps de découvrir notre liaison dans les tabloïds à l'aéroport, et me demanda de lui raconter dans le détail le vernissage, les interviews, John et Mhelsea. Je ne lui cachai rien de ce que j'avais vécu depuis mon arrivée, jusqu'à ma nuit passée chez Samantha. Le récit de cette dernière aventure l'a visiblement contrariée.

Je l'ai prise dans mes bras, l'ai embrassée, puis tout en me déshabillant, je lui ai demandé de me faire l'amour. Je l'ai laissée prouver que je lui avais manqué. Mon violent désir d'elle a refait surface au croisement d'un de nos regards, alors j'ai pris son visage dans mes mains, j'ai mangé sa bouche, ses yeux, dévoré son cou, ses épaules et ses seins. Je dévalais sur son corps et plongeais ma tête entre ses cuisses, je l'aspirais tout entière. L'orgasme refoula nos deux corps sur le lit de l'hôtel. Nous reprîmes nos esprits dans un rire complice.

J'avais envie qu'elle m'accompagne à l'atelier. Nous sommes passées récupérer les clefs à la galerie. Mon oncle étant absent, j'ai évité l'étape des présentations officielles. C'est donc sa secrétaire, Peggy, qui me remit les clefs accompagnées d'une lettre contenant des instructions, lettre que je jetai dans la corbeille sans la lire, sous ses yeux effarés. « Mais, mademoiselle, votre oncle m'a instamment priée de vous remettre ce courrier pour que vous le lisiez. » J'adorais traumatiser cette femme, c'était plus fort que moi, elle se comportait en toutou avec mon oncle, ce qui m'exaspérait. Sa dévotion pour lui se voyait comme le nez au milieu du visage.

« Est-ce que tu crois qu'elle couche avec mon oncle ? », demandai-je à Clara en sortant de la galerie. J'étais jalouse pour Maria, la vraie dame de cœur de mon oncle, je ne supportais pas qu'une autre femme puisse l'aimer. Qu'elle le désire pour son argent, la gloire, le sexe, oui. Mais pas d'amour comme ça, gratuit, dévoué. Ça me débectait qu'il accepte ça.

Dans le taxi qui nous conduit à l'atelier je réalise que Clara ne m'a toujours pas parlé de ses retrouvailles avec son ex, ni des raisons qui l'ont poussée à le quitter pour me rejoindre à New York. Je ne lui pose aucune question. Je ne suis pas certaine qu'elle ait rompu avec Yannis. Clara aime faire l'amour avec moi, elle aime aussi ce qui brille. Elle porte sur elle les stigmates de son goût pour l'argent : trop de maquillage, de bijoux, de vêtements griffés, de pompes de luxe. Mais sous ses fringues de fille entretenue, je vois son corps nu et sublime que je connais sur le bout des doigts. Je désire cette fille depuis notre première rencontre dans le jardin du Luxembourg. Alors, j'oublie d'où elle vient, ce qui compte c'est que son corps soit là, près de moi.

Nous arrivons au pied du bâtiment où se trouve l'atelier. C'est un petit immeuble de quatre étages à l'angle de Broome Street et de Crosby Street, dans SoHo. Un immeuble du début du vingtième siècle, en brique peinte dans une couleur aubergine, presque noire. L'entrée est dans Crosby Street, à côté d'une échoppe de vendeur de soupes. Ma première impression est mauvaise, les fenêtres sur rue sont protégées par de lourdes grilles en fer forgé. Je demande à Clara d'ouvrir la porte et d'aller en repérage à l'intérieur de l'atelier. Je reste dehors et allume une cigarette, angoissée par la vision des fenêtres grillagées. Il faut que cet endroit me plaise, j'ai besoin de travailler. J'ai la gorge nouée à l'idée que Clara m'annonce que l'endroit est horrible. J'ai des angoisses de timbrée. Je me vois en train de scier les grilles, je fais pousser du lierre et de la vigne vierge imaginaire sur la façade pour soulager mon stress. Clara réapparaît bientôt, enchantée. Elle virevolte sur le perron, on dirait la fée Clochette ! J'écrase ma cigarette et fonce la rejoindre.

Je découvre avec soulagement que les pièces du rez-de-chaussée sont aménagées en bureau. L'atelier est situé au premier étage, on y accède par un escalier en acier. Je débarque dans un puits de lumière, cinq fenêtres s'ouvrent sur Brome Street, une large artère qui traverse SoHo d'est en ouest, les cinq autres fenêtres sont sur l'entrée de Crosby Street, elles donnent sur un terrain vague qui sert de parking. Dans l'angle mort du loft, en bas, un coin cuisine-salle à manger. En mezzanine, le long du mur aveugle, deux salles de bains et deux chambres desservies par une coursive avec une vue plongeante sur l'atelier. Cet endroit est parfait. J'envoie un texto à mon oncle : « Merci pour l'atelier. Quand penses-tu faire livrer du matériel afin que je puisse commencer à travailler ? Je m'installe dès ce soir. PS : je ne suis pas seule, sois gentil de prévenir avant de débarquer. Ta nièce préférée. » En quittant des yeux mon téléphone, j'aperçois Clara, elle attend mes commentaires, confortablement installée sur un grand divan blanc. J'éclate de rire et lui lance : « Clara, on va mettre un peu de bazar dès ce soir dans ce paradis blanc, que dirais-tu d'une petite fiesta improvisée avec mes nouveaux potes new-yorkais ? » Clara dit « OK! » avec la moue un peu ratée de quelqu'un qui n'est pas d'accord. Elle m'explique assez mal qu'elle compte sur moi pour respecter aussi ses désirs. Qu'en bref, je serais bien aimable de ne pas oublier qu'elle a tout plaqué à Paris *(vraiment ?)* pour me rejoindre ici et qu'elle n'est pas certaine d'avoir envie de me partager avec John, Samantha, et les autres *(Tu me partages bien, toi, avec Yannis !...)*. Clara est-elle sincère ? Elle est belle et tendre. L'air d'un opéra de Francœur remonte à ma mémoire. Je chante en regardant ses beaux yeux : « *Amants voulez-vous être heureux ? Suivez l'ardeur qui vous presse...* » Clara est morte de rire, elle déteste l'opéra ! « *D'un tendre amour ne craignez rien...* » Elle m'embrasse pour m'obliger à me taire !

Je lance une salve de textos à Samantha, à ses *girls* ainsi qu'à John. Je l'invite à nous rejoindre, à la condition expresse de ramener un charter de potes. Il est dix-neuf heures, j'expédie Clara se coucher afin qu'elle récupère de son décalage horaire puis j'appelle la secrétaire de mon oncle, Peggy, pour qu'elle déniche une épicerie qui livre vers vingt-deux heures du champagne frais, des fruits et des petits-fours. Les réponses arrivent : Samantha et Juliet débarqueront en bande, comme prévu. Quant à John, son message est plutôt vague quant au sexe des amis qu'il a choisi de me présenter.

Comme par hasard, j'ai aussi un message de mon oncle m'annonçant qu'il passera ce soir constater que je suis bien installée ! Sa Peggy l'a évidemment informé de ma commande de champagne et, vu la quantité, il s'est douté que je ne m'apprêtais pas à prendre une petite cuite en solo. En bon chaperon, il souhaite vérifier que je ne suis pas entourée de camés !

Je l'invite à me retrouver à l'atelier vers minuit, plutôt amusée à l'idée qu'il débarque dans ma petite fête. J'ai envie de fumer, mon paquet est vide et ma flemme de sortir intense. Je saisis le sac de Clara avec l'espoir d'en dénicher un. Dans le sac de ma belle je fais une découverte troublante. Clara est partie de Paris emportant avec elle une photo qui trônait sur la cheminée de mon atelier à Paris. Celle de ma mère à vingt ans, à poil, une plume dans les fesses, avec inscrit en gros au-dessus de la tête « Lova ». La fameuse photo du Crady Chose Saloon qui lui servait, à l'époque, de carte de dédicace pour ses fans, que je conserve pour rire et surtout pour ne pas oublier que ma mère est une effroyable menteuse. Et dire que mon grand-père paternel a été si fier de marier son fiston à cette fille, persuadé qu'elle était danseuse étoile à l'Opéra de Paris ! Elle avait espéré que son mensonge ne serait jamais révélé. Je me souviens encore de la tête qu'elle fit lorsque à quinze ans j'avais agité cette photo sous son nez ! Une tête pire que lorsque son coiffeur lui ratait sa couleur ! Si ce mensonge avait été le seul, ma mère aurait été pour moi une sorte d'héroïne qui avait trouvé une astuce géniale pour épouser mon père malgré le fossé social qui les séparait : troquer son identité de strip-teaseuse pour celle d'une célèbre ballerine ! Mais, à partir de ce mensonge-là, mentir était devenu pour elle un véritable passe-temps qu'elle partageait avec mon père.

Ils nous ont menti en permanence. Mon frère et moi étions persuadés que nos parents voyageaient pour leur travail. Ils n'ont jamais bossé de leur vie ! Ma mère m'a conçue pour entrer dans le cadre bourgeois que mon grand-père leur imposait. Mon frère est arrivé juste après, par hasard. Elle avait dû confondre, ce soir-là, sa pilule contraceptive avec son petit cachet d'ecstasy. Le résultat, c'est qu'en attendant que mon grand-père passe l'arme à gauche, j'ai été élevée par Maria, et mon frère par ma grand-mère, qui l'adorait parce que c'était un garçon !

En découvrant cette photo de ma mère pour la première fois, à quinze ans, j'ai compris mon obsession de la nudité. Sans le savoir, je pataugeais dans le mensonge depuis toujours. D'où ma rage de tout déshabiller. Sous les vêtements, il y avait la vérité des corps nus. Sous les mensonges, la vérité sur mon histoire *(je n'allais pas tarder à en savoir un peu plus)*, mais aussi sur le sexe *(je commence à en connaître un rayon)* et sur l'amour *(là, je sens bien que je vais patauger encore un moment...)*.

Bref, ma mère, je ne l'aime pas, sauf sur cette photo où elle est nue comme un ver, parce que c'était avant les mensonges ! Je repose la photo, Clara l'a certainement emportée pour me faire plaisir, comme un souvenir de mon atelier parisien !

Vers vingt-deux heures trente, comme prévu, la maison est envahie par un essaim de filles avec, en tête, leur reine, Samantha, rose et décolletée. Clara, en grande consommatrice de journaux people, la reconnaît immédiatement : « C'est Samantha ! s'exclame-t-elle à mon oreille.

— Et alors ?

— C'est un des mannequins les plus riches du monde, elle est en couverture de tous les magazines à Paris, en ce moment ! »

John fait une entrée remarquée avec Mhelsea à son bras. Je les embrasse en pensant, avec regret, que sa future femme est imbaisable. Lui, par contre, est toujours aussi excitant, elle a intérêt à ne pas lui lâcher le bras de la soirée. Mon oncle débarque à son tour avec quelques beaux garçons. Les bises claquent à l'européenne, mon atelier est un rêve, toutes ces personnes que je ne connais pas et qui se sentent déjà si bien chez moi ! Je les inviterais volontiers à rester dormir.

Je présente Clara à Gérard qui, en retour, présente son fiancé du jour, un métis d'origine chinoise. Celui-ci me complimente pour mon travail avant de me féliciter, à l'oreille cette fois, pour ma fiancée. Je lui retourne le compliment et nous allons tous les quatre nous affaler sur le grand canapé blanc.

Je me sens bien, comme un soir de Noël entre potes. Je bois mes coupes de champagne la tête posée sur l'épaule de Clara. Il ne se passe rien. On ne se dit rien. On s'enivre ensemble. Combien de temps cela va-t-il durer ? Je finis toujours par être rattrapée par ce genre de question métaphysique à la noix. Clara choisit ce moment-là pour m'embrasser. Sa façon à elle de dire : « Monte et n'y pense pas ! »

Ce matin, le ciel est bleu givré. Je ne me souviens pas des derniers détails de la soirée. Excepté ces moments délicieux passés à pouffer de rire et à faire l'amour avec John, enfermés tous les deux à double tour dans ma chambre, au premier étage. Je me lève et ouvre la fenêtre. J'ai envie de revoir mon travail sur John. Et si c'était lui finalement la commande pour Mhelsea ? Voilà une affaire réglée en quelques semaines qui me laisserait libre de travailler sans contrainte. Il faut en discuter avec oncle Gérard et Clara, j'ai besoin de leur avis.

« Clara, réveille-toi ! Sortons prendre un café, je dois aller à l'hôtel récupérer mes affaires et ma sculpture ! »

Dans le taxi, Clara bâille et me fait un tendre sourire avant de camoufler sa jolie bouche dans son grand col roulé noir. Je ne lui ai pas laissé le temps de passer devant le miroir de la salle de bains. Elle a le bout du nez rouge et de tout petits yeux noircis par son maquillage de la veille. Elle allume sa première cigarette de la journée en baissant la vitre de la voiture, un air glacé s'infiltre. Pas d'automne à New York cette année, on passe sans transition à l'hiver. Ça me va !

À la réception de l'hôtel, le concierge regrette que je m'en aille si vite. Dans un sourire, il tend la page du *Time* où je figure en photo et me demande un autographe. Nous montons dans la chambre, j'oscille entre deux désirs, celui de revoir la sculpture de John, et celui de contempler le corps de Clara, nu. Clara, elle, n'hésite pas, à peine le seuil franchi, elle me colle au mur de l'entrée et m'entreprend comme un garçon. Dans la pénombre j'aperçois le visage mat du double de John. Clara l'a vu en même temps que moi, je sens qu'elle est jalouse, à chacun de ses baisers. Je vis ce corps à corps comme une ivresse, entrecoupée de petits comas qui me rendent K-O. Clara a fermé les rideaux, ça me frustre, j'aime la lumière du jour sur elle. Je la pousse vers la fenêtre et l'adosse à la vitre, son corps se cabre au contact du verre froid, elle se laisse faire, happée par une vague de plaisir, et plonge en apnée au fond d'elle-même, pour retarder le moment où l'orgasme la remontera jusqu'à moi.

La chute

Nous sommes nues et silencieuses sur le grand lit de l'hôtel. La chambre est surchauffée, je regarde le ciel gris et glacé. Clara ne partage pas ma passion pour la grisaille, elle se redresse et jette un coup d'œil sur John. « Il est beau, dit-elle, que vas-tu en faire ? — Le cuire et l'offrir à sa femme ! » dis-je en riant. « Donne-moi une cigarette, Clara, s'il te plaît. » Elle tend son sac sans quitter John des yeux et demande : « Tu veux offrir cette statue à Mhelsea ? — Je la lui vends, nuance. Il est parfait, non ? Mais qu'est-ce que tu as fait de tes cigarettes ? Et cette photo de ma mère, bon Dieu, Clara ! Qu'est-ce qu'elle fait dans ton sac ? »

C'est toujours comme ça, lorsque je ne trouve pas immédiatement ce que je veux, je m'énerve ! Le paquet est au fond de son sac, sous un tas de trucs inutiles. Je teste deux briquets avant d'en trouver un qui marche. J'allume ma cigarette et lève les yeux sur Clara restée nue, de dos, figée.

« Alors ? Qu'est-ce que c'est que cette idée de

te trimballer avec la photo de ma mère... Tu la trouves excitante, c'est ça ? » Clara tremble légèrement lorsqu'elle tend le bras pour attraper son pull noir qu'elle enfile comme si elle pénétrait dans une cachette. « Il faut que je te parle. — Mais de quoi ? — De cette photo, je l'ai trouvée chez mon ex, Yannis. — Comment ça, Yannis ? » Mon stress monte d'un coup, je sens qu'il y a un loup dans ce début de conversation avec ma belle. « Clara, cette carte postale a trente-cinq ans, à l'époque Yannis n'avait pas l'âge de se faire les filles du Crady. Alors, il la sort d'où cette photo ? — Il faut que tu restes calme et que je t'explique », murmure Clara de plus en plus mal à l'aise.

Elle entame alors le récit d'une histoire qui a failli me tuer sur le coup : cette photo est la seule trace que Yannis a gardée de sa mère qui l'avait abandonné à sa naissance, en 1965 !

Je savais que ma mère avait quitté le Crady du jour au lendemain, en 1964, sans laisser d'adresse. Ce que j'ignorais c'est qu'elle avait été virée du célèbre cabaret parce qu'elle attendait un bébé de son garde du corps... le père de Yannis. Dans ce célèbre cabaret, les chaperons avaient l'interdiction formelle d'avoir une aventure avec les danseuses dont ils avaient la responsabilité. Les amants s'étaient fait virer tous les deux pour faute grave. Après son accouchement, ma mère s'était carapatée, seule, un matin, sans dire un mot. Le père de Yannis n'avait pas signalé sa disparition à la police qui l'avait à l'œil depuis longtemps pour une histoire de trafic de drogue... Incapable de s'occuper de cet enfant, il l'avait confié à sa propre mère, une ancienne bonne qui avait accueilli le nourrisson avec des cris de pleureuse. Pour elle, l'histoire se répétait, elle avait élevé son fils seul, il lui ramenait un bâtard... Mon demi-frère !

Ma mère n'est pas seulement une menteuse. C'est aussi une tueuse d'enfants. Les mots s'échappent de ma pensée comme l'eau d'un robinet mal fermé. Mais comment a-t-elle pu abandonner son bébé ? L'histoire de Yannis me renvoie à ma propre histoire. C'est vertigineux les chutes psychiques. Me retenir ! À n'importe quelle branche mais me retenir ! Cette histoire n'est pas la mienne *(Première branche)*. On a cette mère en commun *(La branche casse)*... Cette femme est un monstre ! *(La chute reprend de plus belle.)* Notre Mère qui êtes aux cieux que votre nom soit... *(Je divague, ça part en couille)*. Stop ! c'est leur histoire *(Une nouvelle branche ?)*, pas la mienne *(Une branche solide, je l'enfourche, je ne bouge plus)*. J'ai sauvé ma peau *(Je claque des dents)* en me sauvant de ma mère *(Je me détends)*. J'y suis arrivée, je suis une preuve vivante qu'on peut en réchapper ! Il y arrivera lui aussi. Fin du cauchemar.

Je fais monter deux bouteilles de champagne, une pour moi, une pour Clara. Je suis décidée à noyer ce mauvais rêve dans l'alcool. Je tremble encore tandis que Clara semble soulagée d'avoir vidé son sac ! Il faut que je vomisse cette trop grande frayeur, l'alcool va me donner un petit coup de main. À la fin de la première bouteille que nous descendons en silence, nous commençons à rire en traitant ma mère de garce. À chaque « garce ! », nous démarrons un fou rire, un fou rire un peu rentré, mais c'est mieux que rien !

Bon, me dis-je, refermant d'un coup sec le robinet de mes angoisses, il ne faut pas que je mélange tout : ma mère, moi, Yannis et Clara. Je couche avec Clara qui a couché *(Couche toujours ?)* avec mon demi-frère. Et alors ? La vie est pleine d'histoires de sœurs ou de frères qui se sont partagé les mêmes amants. Je suis interrompue par une question de mon incestueuse Clara : « Que fait-on de Yannis dans tout ça ? », demande-t-elle en débouchant la deuxième bouteille. « Pourquoi en ferait-on quelque chose ? On pourrait l'oublier, tiens. C'est ma réponse : on l'oublie ! » Clara ne rit plus du tout et lance froidement : « Yannis sait désormais qu'il a une mère mariée à un Suisse plein aux as avec qui elle a eu deux gosses, dont une fille, toi, qui a débauché sa petite amie, moi ! Alors, que comptes-tu faire ? » Clara me cache quelque chose. Sa pâleur soudaine m'incite à lui demander si, par le plus grand des hasards, elle ne serait pas en contact avec Yannis en ce moment ? Évidemment, sa réponse est positive. Mieux, il serait à New York ! « Il va nous tuer ! » Clara se met à hurler : « Tu dois le rencontrer, il faut que tu lui parles, que tu lui demandes ce qu'il te veut... je t'en supplie ! Il sait qu'on couche ensemble *(Pourquoi, il croyait qu'on faisait du tricot ?)*... Ça l'a rendu fou de l'apprendre ! Je ne voulais pas lui dire, il m'a obligée, il va te tuer ! » Elle éclate en sanglots et s'écroule sur le lit.

Je finis la bouteille cul sec et m'allonge près d'elle. Je cogite encore. Je n'ose pas rappeler le concierge pour une nouvelle bouteille, alors je vide la série de petites fioles alcoolisées du minibar. Bientôt, c'est le bateau ivre, j'ai horreur d'avoir le mal de mer, je voudrais m'endormir. Une gigantesque vague de parano m'assaille, je visualise ce qui pourrait arriver de pire : Yannis, enragé, tue ma mère d'une façon effroyable : à coup de claques, des milliers de claques, une par jour de souffrance depuis sa naissance. Il frappe jusqu'à épuisement. Après, il halète comme une bête en se disant qu'il va me régler mon compte de gouine. Ensuite, il fait vivre l'enfer à mon père en le séquestrant dans la pièce où ma mère gît dans un bain de sang. C'est mon atelier, dans le quatorzième ! Là, mon père en pleurs lui fait un énorme virement sur un compte aux îles Caïmans, l'implorant de l'épargner. Un peu plus loin, c'est moi, bâillonnée, ahurie, mais vivante. Dans un autre coin du loft, mon oncle Gérard, la tête enflée comme une citrouille, une banane écrasée au milieu du visage, c'est son nez, blet.

Un vieux traîne par terre, on dirait Platon, mon voisin, ficelé comme un saucisson, je ne sais pas s'il est vivant ou mort. Il y a une autre catastrophe dans ma vision paranoïaque : cet enfoiré de Yannis a détruit mes glaises, une vraie boucherie... Imaginez la scène, nous tous, ensanglantés dans un champ de cadavres de glaise ! Bizarrement, Clara est absente du tableau. Je ne vois pas d'explication à cette absence, pas pour le moment.

Même ivre, j'ai de l'intuition. Je sens qu'il va se passer un truc pas net, une histoire sur fond de cour d'assises. Je tourne en rond dans ma chambre d'hôtel, les mains pleines de petits flacons vides, et puis soudain, plus rien, enfin !

Je me réveille au milieu de la nuit. Clara dort, allongée à côté de moi. Dans le silence de ma chambre, je me souviens de tout et me fous de tout. Je ne veux rien savoir de plus, que Yannis se fasse ma mère, si bon lui semble, et qu'il ruine mon père, je m'en moque ! N'empêche que je claque des dents. L'angoisse me reprend. Il faut que je bouge. Je saute sous une douche bien chaude. Lorsque je réapparais, Clara est assise sur le lit, elle a allumé la télé et tourne sa petite tête de chat très mignon vers moi. « Ça va ? », demande-t-elle. « Je ne sais pas, Clara. Cette histoire de Yannis et de ma mère, ça m'angoisse. Dis-moi, comment a-t-il récupéré cette photo ? Qui lui a raconté cette histoire ? »

Après avoir allumé une cigarette, Clara m'apprend qu'il a tout découvert à la mort de sa grand-mère, il y a quelques mois. Elle lui avait laissé cette photo avec une lettre où elle lui racontait la vérité sur son passé. En regardant la photo avec Clara il n'arrêtait pas de répéter : « Quelle tête de salope ! » Il se marrait nerveusement en claquant son index sur le visage de sa mère. Il la baffait déjà !

En me rafraîchissant le visage devant la glace, je découvre que je suis blanche comme un linge. La faute à ma vie qui a soudain viré de bord. Clara a de nouveau ouvert la télé. Clara continue à vivre normalement. Comment fait-elle ? Elle demande si elle peut commander un petit déjeuner. Oui, bien sûr. Que voulez-vous que je lui réponde ? Elle a faim. J'avale un café brûlant. Puis deux. Clara mange, elle est fascinante. Je pense à Yannis, et soudain j'ai une nouvelle intuition : « Dis-moi, Clara, si Yannis sait que je possède une photo comme la sienne, il va vouloir vérifier, n'est-ce pas ?

— Oui, c'est sûr..., répond-elle sans lâcher l'écran des yeux.

— Il va donc aller à l'atelier ?

— Oui, il m'a dit qu'il irait... » Au point où j'en suis, je lui demande si elle lui a donné aussi le code d'entrée. « Oui, et les clefs pour qu'il ne défonce pas la porte. » Évidemment, suis-je bête !

« Qu'est-ce que tu crois qu'il va faire chez moi, Clara ?

— Vérifier que les photos sont identiques.

— C'est tout ?

— Je pense... »

Clara ment, elle ne pense pas, elle mange en regardant la télé. C'est fait pour ça la télé, pour ne pas penser. Je grogne : « Tu l'as emmené toi-même à l'atelier, n'est-ce pas ? » Elle esquive : « Non, je te jure ; je lui ai dit qu'il fallait que je parte bosser, il m'a laissée filer, je suis passée chez toi pour récupérer le billet, le lendemain j'étais à l'aéroport, et voilà. »

Cette histoire de clefs ne tient pas debout. Clara n'a qu'un trousseau. Elle est passée à l'atelier avec Yannis. CQFD. Je l'empoigne violemment et hurle jusqu'à ce qu'elle dise en sanglotant : « C'est vrai, j'y suis allée avec lui, il a constaté que les photos étaient identiques. C'est là qu'il m'a demandé si toi et moi... on couchait ensemble. Après il m'a mis une volée et il est parti en claquant la porte. Je suis restée chez toi jusqu'au lendemain, puis j'ai pris l'avion. » Elle me supplie de la croire et m'implore, en se blottissant contre moi, de la protéger de Yannis. Elle jure que c'est fini entre eux. Cette fille a pris trop de claques dans sa vie, elle ne marche qu'aux baffes... c'est horrible ! Je lui demande de me pardonner d'avoir hurlé ; ça me fait du bien, ça me déculpabilise ! Elle n'est pas habituée aux excuses, alors elles lui glissent dessus...

Elle se tourne vers la télévision pour oublier, et dit : « T'as vu ! Julia Roberts a eu des jumeaux ! » Je m'en cogne ! Je fume une nouvelle cigarette, ça fait douze heures que nous sommes dans cette chambre d'hôtel. J'ai besoin de prendre l'air. Clara enfile son jean, je remarque qu'elle est nue dessous. On dirait que je vais mieux !

En regardant la sculpture de John je me souviens que nous étions venues ici pour la récupérer. Je n'ai plus la tête à organiser son rapatriement à l'atelier. Je vais confier cette mission à la secrétaire d'oncle Gérard, elle trouvera bien une solution et en profitera pour régler la note, je me tire.

Je réalise en sortant de l'hôtel que la nuit est tombée, j'ai envie de fumer autre chose que du tabac. J'appelle Samantha pour savoir si nous pouvons nous réfugier dans son petit lupanar rose. *Of course, Darling !* répond-elle, enchantée à la perspective de se faire lécher en long, en large et en travers. J'ai envie de ça... tout oublier dans son sexe de nymphette. Et Clara ? Elle a compris que ce soir, il valait mieux ne pas me contrarier...

Quand je suis arrivée chez elle, Samantha m'a fort gentiment débarrassée de Clara en la confiant à ses copines qui barbotaient dans un grand bain bouillonnant. Mon hôtesse était complètement nymphomane, inépuisable, intarissable. Sa chambre était tapissée de miroirs, elle me regardait pénétrer tous ses petits orifices avec ma langue et mes doigts. Une jouissance chassait l'autre, puis des filles sont entrées pour s'occuper de moi, nous avons joui sous son regard de chatte brûlante. Plus tard, en partageant un long joint, je lui ai raconté mon histoire de demi-frère. Elle m'a écoutée en me berçant contre son corps nu. Dans sa chambre aérienne, illuminée par les feux de la ville, l'angoisse n'avait plus aucune prise sur moi.

En revenant à l'atelier avec Clara je pense à nouveau à Yannis. La crainte qu'il me massacre refait surface ! Je le hais, il ne m'inspire que de la peur et du dégoût. J'ai de bonnes raisons de me méfier de ce dingue. Il m'est apparu pour la première fois sous la forme d'énormes bleus sur les bras et le dos de Clara. Yannis traficote et utilise Clara pour livrer sa came. Lorsque Clara a trop peur d'aller aux rendez-vous, elle prétexte n'avoir trouvé personne. Les clients injurient Yannis qui, lorsqu'elle rentre, lui colle des trempes !

Mon angoisse m'a paralysée durant plusieurs jours. Je n'ai rien pu faire d'autre que dormir et coucher le plus souvent possible avec Clara, Samantha et les autres ! Un besoin d'hiberner en ce début d'hiver meurtrier.

Je tourne dans l'atelier comme un lion en cage. « Il n'y a que chez Samantha que je respire. — C'est parce que tu respires de l'herbe chez elle que tu as l'impression d'aller mieux ! » me reproche Clara. C'est vrai que ses bons gros pétards me font un bien fou, je sais que ça rend Clara hystérique, mais je ne peux pas me passer de Samantha. Je comprends son besoin de partager sa tendresse à l'infini.

Ce matin, les arbres sont recouverts de givre, le vendeur de café, qui s'est emmitouflé de la tête aux pieds, annonce : « Deux cafés et un beignet à la cannelle pour Clara ! » Il l'aime à un point tel que je ne veux plus qu'elle aille chercher les cafés. Ça dure parfois une heure avant qu'elle réapparaisse avec ses deux gobelets froids aux bouts des doigts. Avec moi, ça va plus vite, il m'apprécie moins. Pour des raisons que je comprends très bien, je suis moins aimable, mais au moins les cafés arrivent chauds à la maison.

Quant à Clara, lorsque je la retrouve à l'atelier ce matin-là, elle est tellement glacée qu'elle en est bleue. Je n'ai pas le temps de lui poser la moindre question, elle dit juste : « Il a appelé et veut te rencontrer. — Super ! Quand est-ce qu'on se voit ? On organise une fête et on l'invite ? » Les chocs violents m'euphorisent, *bye-bye* la peur, place à l'hystérie. Il est encore tôt, mais je grillerais bien un petit pétard, histoire de plonger à fond dans l'ambiance totalement absurde de cette nouvelle journée cauchemardesque.

Clara me regarde comme si j'étais devenue folle ! Ça me transporte dans l'hilarité la plus complète ! J'appelle Samantha pour savoir si, par hasard, elle pourrait m'envoyer par coursier de la bonne petite herbe bien dingue. « Ça part tout de suite ! » dit Sam, mon trésor. Une demi-heure plus tard, dans une enveloppe, je trouve une boulette scotchée en bas d'une page couverte de baisers pailletés et parfumés, de quoi tenir psychologiquement, au moins jusqu'à ce soir.

L'odeur de l'herbe me détend déjà. Clara doit se sentir coupable, elle ne dit rien et propose même de rouler ce petit joint du matin, chagrin. « Clara, qu'est-ce qu'il t'a dit au juste Yannis ?

— Il veut te parler.

— Il avait l'air gentil ou énervé ? *(Toujours ma peur des dingos...)*

— Gentil...

— Gentil comment ?

— Gentil... pas méchant. Il m'a donné un numéro de portable où le joindre...

— S'il te plaît, Clara, peux-tu me donner la photo que tu as de lui dans ton portefeuille ? »

La drogue agit si vite que lorsque Clara me tend la photo, je dois me concentrer pour que mes yeux fassent le point sur le visage de Yannis. « Clara ! il a les yeux de ma mère ! regarde !
— Je ne connais ta mère que d'après cette photo en noir et blanc, alors tu sais, je ne peux pas me rendre compte. » Il a les yeux de ma mère... bleus, ronds et immenses. Mais le plus effrayant,

si je regarde bien, c'est qu'il ressemble à mon frère, le vrai. Je ne ressens rien, à part de la colère. J'ai beau tirer de toutes mes forces sur ce pétard il n'y a pas une once de sympathie qui naisse en moi pour ce garçon.

« Clara, qu'est-ce que je fais ? Il me fait peur ton Yannis, et d'abord d'où tient-il ce prénom de chèvre ?

— De son père, qui est d'origine grecque.

— Tu connais son père ?

— Je ne l'ai vu qu'une seule fois, il y a plus de dix ans, pour une histoire de coups de couteau...

— Quelle histoire de coups de couteau ? !

— Ils s'étaient battus pour un problème d'argent, Yannis l'avait blessé avec un couteau, ils étaient ivres tous les deux, son père est resté trois mois à l'hôpital.

— C'est pas possible, Clara... Ce type est dangereux !

— Calme-toi, c'est du passé... Yannis a fait un an de préventive. C'est à cette époque que je suis allée voir son père pour plaider la cause de Yannis et lui expliquer que s'il ne retirait pas la plainte contre son fils, ce dernier prendrait quinze ans ferme.

— Tu connais son nom ?

— Non...

— Il habite où ?

— Paris, sans doute.

— Pourquoi, sans doute ?

— Parce que c'est ce que je crois.

— Et tu crois qu'il veut quoi, Yannis ?

— Euh... te parler.

— Ne te moque pas de moi, Clara ! Ton ex est une petite racaille qui vit de trafic de drogue. Tu m'as avoué dès le premier jour qu'il te frappait, il a frôlé les quinze ans de prison parce qu'il a failli tuer son père et il serait juste venu ici pour me claquer une bise, faire connaissance avec sa sœur, une gosse de riches, sans rien demander de plus ? Clara ? ! Pourquoi pleures-tu ? Excuse-moi si je crie, c'est pas contre toi, c'est à cause de lui. Il faut que j'appelle mon oncle Gérard, que je lui déballe toute l'affaire et qu'il trouve une solution avant que je ne pète les plombs ! »

Gégé est absent pour la matinée. L'herbe ne produit plus sur moi l'effet escompté, au contraire, elle décuple mon anxiété. Le portable de Clara se met à brailler une chanson de son idole Robbie Williams, « Rock DJ ». Elle me tend le téléphone. Au bout du fil, c'est Yannis, il veut me parler : « Faut que je te voie. On a des trucs à se dire. Il faut que je parle aussi à ta putain de mère.

— Excuse-moi, dis-je la gorge nouée, mais je ne vois plus ma mère depuis longtemps...

— Te fous pas de ma gueule !

— Je suis très sérieuse, je ne l'aime pas, ma mère. Si tu veux, viens en parler... ma mère est folle ! C'est pas ta faute, c'est pas ma faute... Et si c'est de l'argent que tu veux, ne t'inquiète pas, elle est très riche ta mère. »

Je raccroche et annonce à Clara que Yannis est d'accord pour une rencontre. Clara passe du blanc au vert. Son angoisse soulage la mienne, ce qui me permet de la rassurer : « Clara, ne t'en fais pas, avec du blé, on arrange toujours tout. Va faire quelques petites courses, moi je vais passer un coup de fil à Samantha pour voir si ça l'amuse d'assister à cette séquence de "Perdu de vue" avec ses filles pour décontracter ton ex. Yannis, ce qu'il veut c'est ce que tout le monde veut : de l'argent et un peu de reconnaissance. Allez file ! » Samantha est d'accord pour débarquer avec ses girls. Elle est cassée et joyeuse, mon histoire la rend hilare.

Je me sens plus légère. Confrontée à la réalité, je comprends que c'est mon appréhension du danger qui m'a plongée dans une telle situation de terreur ces derniers jours. Une peur nourrie par un violent sentiment de culpabilité. Je me suis sentie coupable de connaître ma mère, d'avoir bénéficié, à défaut d'amour, de l'aisance financière de ma famille. Yannis n'avait eu droit à rien. Il réclame aujourd'hui sa part, c'est légitime !

Comme par magie, j'ai soudain envie de travailler. Gégé m'avait fait livrer du matériel, trois cents kilos de glaise et deux beaux blocs de marbre blanc. Je rôde autour des blocs de pierre, les interrogeant du regard. Je scrute le sens de leurs veines, je tente de percevoir le prolongement de leurs mouvements au cœur de la pierre. Je n'ai plus peur de rien.

Je suis interrompue dans ma méditation par un appel téléphonique de John. Je lui manque ! Il a envie de moi... Ma réponse est brève : « Quand tu veux, mais vite. — Demain treize heures, à mon hôtel ? — À demain. » J'aime cette façon qu'il a de me signifier que je suis un meilleur coup que sa femme !

L'interphone fait un bruit de tonnerre dans mon cerveau rempli de drogues douces. C'est Clara, le froid d'hiver a rendu leur couleur rose à ses joues en forme de pommes. Je glisse un baiser sur sa bouche et une main dans son jean, j'ai envie d'elle maintenant. Clara lâche ses petits paquets sur le sol et s'abandonne à mon désir sur-le-champ. Je la fais glisser sur le canapé en la débarrassant de son grand pull noir. Ses seins sont libres de tout soutien et pointent leurs petits bouts gentiment vers ma bouche qui les happe et les rend fous à tour de rôle. Clara se laisse caresser. Il n'y a plus d'espace entre nous, le temps a suspendu son vol au-dessus de nos corps nus, nos rires se mélangent à nos soupirs.

« Pourquoi c'est si bien l'amour ? » J'adore les questions de Clara. On ne pense jamais à se poser ce genre de question ! « C'est beaucoup mieux que bien. » Elle insiste : « Pourquoi ? », alors je fais un petit effort : « Parce que après l'amour on est plein d'amour qui nous donne encore envie de faire l'amour. L'amour c'est notre lien avec l'infini. Faire l'amour avec toi *(Mais aussi avec John, Samantha, ou avec une inconnue dans les toilettes)*, ça entretient la flamme de l'amour. L'amour, c'est comme un feu de veillée en soi. C'est un lieu où l'on n'est jamais seul, où on est toujours au chaud. Une sorte de lieu sacré... » Clara bâille, mon discours de droguée sur l'amour lui fait le même effet que les pétards, elle est sur le point de s'endormir, lorsque je lui remémore que nous attendons de la visite d'un instant à l'autre. Je la vois bouder : « Ça te contrarie de revoir ton ex ? — Ce qui me contrarie, c'est qu'il va te plaire ! » lance-t-elle avec une petite voix de vipère jalouse. « Clara, tu m'as dit que c'était un connard ! — Peut-être, dit-elle, mais il est beau comme un charmeur de serpents ! — Mais, enfin, même s'il est sublime, si c'est mon frère, je ne vais pas me le faire, réfléchis ! » Elle n'a pas envie de réfléchir, elle sort du lit. Je regarde son petit derrière contrarié se dandiner vers la salle de bains. Un petit cul aussi fier que le nez de Cléopâtre.

Le téléphone sonne, c'est Gérard. « Salut, dit-il, comment vas-tu ? » Il y a anguille sous roche, mon oncle ne demande jamais comment je vais. Jamais. « Qu'est-ce que tu veux ? — Rien de spécial *(Menteur)*, j'ai reçu un coup de fil de tes parents *(Merde !)* qui veulent venir voir ton expo *(oh non !)*, ils arrivent dans quarante-huit heures *(Putain ! merde, merde et merde !)*, voilà. — Et alors ? ! — Et alors, ce sont tes parents, je te préviens, c'est tout. J'ai réservé une table, vendredi soir, on dîne ensemble, à vingt et une heures, je t'attends. À part ça, est-ce que tu bosses un peu ? La commande de Mhelsea, il faut que tu t'y mettes, tu as une idée ? » Je n'ai pas envie de répondre. Je me sens prise au piège. Mes parents détestent mon travail, qu'est-ce qu'ils viennent faire à New York ? Profiter du succès de leur fille ?

« Non je n'ai pas d'idée ; ou plutôt si, j'en ai plusieurs, mais je ne souhaite pas t'en parler, allez, salut ! » Je lui raccroche au nez. Il rappelle immédiatement. « Tu veux qu'on se voie pour en discuter ? » Le fait est que j'aime bien bavarder avec lui, c'est un excellent miroir, aussi provocant et vénal que moi.

« On verra, je te rappelle, et sois gentil, Gégé, ne laisse pas mon adresse aux deux intrus, j'ai besoin de calme en ce moment. » Si l'histoire de Yannis à New York pouvait éviter de tourner au vaudeville de base, ça m'arrangerait. Je n'aime pas ce qui est vulgaire. Et puis je n'ai pas l'intention de faire les présentations.

Clara sort du bain. Pour moi, c'est du grand spectacle. Son corps me rend dingue. Il faut que je la sculpte. Elle s'habille à une vitesse criminelle... en deux secondes elle a tout planqué sous un pull et un pantalon. Il ne reste que son minois de chat perché. Elle se marre en me voyant la mater. Ça lui va bien de fumer des pétards, ça décrispe son côté « No Future ». « Clara, ne te maquille pas, tu es bien plus belle en blanc qu'en noir, je te jure. — Je ne peux pas », répond-elle, en entreprenant de transformer ses prunelles noires en cave à charbon. Un désastre. J'éteins ma cigarette dans un soupir et file sous la douche. Je la posséderai un jour comme je l'aime, en la sculptant dans du marbre blanc.

Alessandro

Qu'est-ce qu'il attend, « Perdu de vue », pour faire son entrée en scène ? Ça fait deux bonnes heures que je suis sortie de la douche et les filles sont déjà là. Comme promis, Samantha a débarqué en bande. Elle rigole tellement depuis qu'elle est arrivée que son teint rose a presque viré au violet. Elle est venue avec quatre sex-symbols plus blondes qu'elle, peroxydées. Cette histoire de frère bâtard la rend euphorique. Je ne l'ai jamais vue dans un état pareil. À côté de Clara, Samantha est presque fluo tellement elle irradie.

Clara ronge délicatement ce qui lui reste d'ongles à la main gauche. Elle est repliée sur elle-même, les genoux coincés sous le menton. Je ne comprends pas son stress. Pour ma part, j'ai finalement décidé d'assumer cette farce avec la joie qu'on éprouve à l'idée d'aller au cirque. C'est mon côté Jean qui rit, Jean qui pleure, j'assume. Enfin, je crois...

Au moment où la sonnerie de l'interphone retentit, mon cœur manque de s'arrêter. Clara est pétrifiée, un doigt coincé dans la bouche. Samantha, insensible à notre frayeur, a bondi du canapé en hurlant un « c'est parti ! » frénétique.

Les quelques secondes qui se sont écoulées avant qu'il ne fasse son entrée ont failli m'étouffer. Il est apparu ! Un beau mec, au bras de mon oncle Gérard... Il y a un problème, ce n'est pas Yannis. Qu'est-ce que c'est que cette mascarade ? Samantha est au bord de se pisser de rire dessus, elle croise et décroise ses longues jambes de flamant rose et m'annonce : « Ton oncle et un pote à lui, Alessandro ! », avant de courir aux toilettes. Cet homme n'est pas homosexuel, je le sens. Alessandro n'est donc pas un petit copain de mon oncle, mais une bizarrerie de plus dans cette journée très énigmatique. Il s'installe comme s'il était chez lui, juste en face de moi qui n'ai pas bougé de mon canapé, tandis que Gérard nous lance un genre de « salut les filles ! » tellement cul-cul que je ne relève même pas.

Je ne sais plus quoi penser de cette journée, alors j'accepte avec un soulagement d'accro le pétard que me tend Samantha, sous les yeux venimeux de Clara. Mon oncle présente son invité : le compositeur Alessandro Mancini. Il a l'air intelligent, le maestro. Ça me détend les airs intelligents, beaucoup plus que les pétards ! « Que faites-vous à New York ? — J'ai un concert demain soir à Carnegie Hall. » Il n'a pas le temps de m'en dire plus, son portable sonne et, sans un mot d'excuses, il s'engage en riant dans une conversation surréaliste avec son interlocuteur, un homme, à qui il donne pourtant du « ma chérie ! » à chaque phrase.

J'en profite pour me lever et aller chercher quelques boissons. Les filles, sous la houlette de Samantha, viennent me donner un coup de main ; en quelques secondes nous organisons un joyeux goûter au champagne. Alessandro réclame un verre de vin tout en poursuivant sa conversation téléphonique. Il est vraiment mignon, ce goujat. « Est-ce qu'un ami peut nous rejoindre ? » demande-t-il. J'ai envie de répondre non, mais je lance « oui ! bien sûr ! », avec un sourire de petite fille modèle. Qu'est-ce qui me prend ? J'ai douze ans lorsque qu'il me regarde.

Gérard souhaite me parler. Je ne suis pas disposée à me lancer dans une conversation sérieuse sur le thème des commandes et de l'inspiration... Évidemment, il me branche là-dessus. « J'ai des idées pour la commande de Mhelsea, mais là je suis trop cassée pour t'en parler, souviens-toi lorsque tu te défonçais aux champignons hallucinogènes... » C'est un jour cool, il me lâche, sans pression supplémentaire. Samantha et ses girls, lassées d'attendre le happening du jour ont allumé la télé. Branché sur MTV, l'écran plasma met le feu aux filles qui se lancent dans des chorégraphies très sexuelles sous les yeux amusés d'Alessandro qui s'affale sur le canapé aux côtés de mon oncle, au spectacle, lui aussi.

L'interphone retentit. J'avais oublié la farce du jour, pas Clara visiblement. Elle me fait une peur bleue en devenant plus blanche que les murs du salon. Aidée par une bonne dose d'alcool et de drogue, je lance à la ronde : « Attention... Mesdames et messieurs ! Voici le fils caché de ma mère ! Un certain Yannis, ancien amant de Clara, ma maîtresse ! J'espère qu'il n'est pas venu pour nous tuer tous au nom du père, du fils et du Saint-Esprit... Amen ! Qui va ouvrir ? — Moi ! », hurle Samantha en se jetant dans l'escalier comme une écolière qui attend depuis le matin le retour de son héros de papa qui a juré de rentrer tôt pour lui apporter son quatre-heures !

Il tombe mal. Je n'ai plus toute ma tête, j'ai attendu trop longtemps, ça ne m'amuse plus. Lorsque Yannis entre dans le salon, mon oncle me regarde en biais depuis quelques secondes, Alessandro discute avec une blonde et Clara est partie se cacher quelque part dans la maison. Je suis envahie par un immense dégoût. C'est le portrait de ma mère. Je l'accueille avec une chaleur feinte : « Bienvenue ! Voici mon oncle, Gérard, le frère de mon père, Alessandro et mes copines, dont Samantha qui t'a accueilli. Tu veux boire quelque chose ? — Je ne bois pas d'alcool. » Ça part mal. Il a l'air aussi crétin qu'un mec qui ne boit pas d'alcool. À ce stade-là, je préfère encore une bonne tête d'ivrogne. « Un pétard, peut-être ? — Ouais, c'est pas d' refus. » Il parle avec l'accent de ceux qui tiennent les murs en regardant les trains passer. Il doit avoir un cerveau de vache, psychopathe. Je panique lorsque mon oncle l'aborde, lui demandant ce qui l'amène ici. « J' suis là pour rencontrer du beau linge, dit-il. — Mais qui ça ? », renchérit tonton avec un air de tête à claques qui va s'en prendre une d'une minute à l'autre. « Ça te regarde pas. Dégage ! », répond Yannis, les yeux mi-clos en tirant sur son pétard.

Clara a disparu du salon. Je comprends pourquoi, il est effrayant. Mais comment a-t-elle pu coucher avec cette chose ? Je suis sidérée, un abruti de base, même pas beau, tellement il a l'air bête ! Ce type ne peut pas être mon frère, je suis au bord de faire une prière en ce sens. « Elle n'est pas là, Clara ? », demande-t-il avec son sourire de demi-faux frère. « Non, elle t'attendait plus tôt. Elle est sortie en pensant finalement qu'elle ne te verrait pas. Qu'est-ce que tu veux ? » Cette question est sortie de moi brutalement, comme une envie d'en finir le plus vite possible. « Faire connaissance... », dit-il en grimaçant et il ajoute en pointant Gérard du menton : « C'est vraiment ton oncle, ce bouffon ? » Je repose ma question, aussi aimablement que si j'étais la porte de la prison qui allait tôt ou tard lui claquer au nez : « Qu'est-ce que tu veux ? » Il ricane : « D' la fraîche, du flouze, du fric, quoi... » Pauvre con ! Je suis en boucle, j'ai envie de le gifler. Une copine de Samantha, Janis, une touche-à-tout, se pointe pour faire connaissance avec le bellâtre. J'en profite pour prendre un mètre de recul. Samantha me rejoint et déclare qu'elle partage ma déception pour ce type à tête de « fils de pute », en français dans le texte ; avec son accent ça donne un « fils de poute » qui colle encore mieux au personnage. Elle conclut en me glissant à l'oreille que si ça ne m'ennuie pas, elle va s'éclipser.

Il faut que je balance toute cette histoire à mon oncle, qu'il me débarrasse ce cafard du plancher. J'ai mis moins d'une minute à tout lui déballer, pour une fois, il m'écoute attentivement. Gérard a un faible pour ma mère, c'est son talon d'Achille. Personne n'est parfait. Mon récit terminé, il dit seulement : « Tiens-toi éloignée de cette affaire, je m'en occupe. » Avec plaisir, tonton ! N'empêche que Yannis a un furieux air de famille, c'est ce qui me colle la nausée. « Alors, Gérard, tu es au courant de quelque chose ? » Évidemment qu'il sait. Il sait aussi qu'il a intérêt à me lâcher le morceau. Il me racontera, dit-il, mais plus tard. C'est bon, j'ai compris. Yannis est bien mon demi-frère. C'est un cauchemar.

Dans les moments de crise, j'ai besoin de fuir ou de travailler. L'atelier est devenu le théâtre d'un vaudeville ordinaire, il faut que je me sauve de là, mais pas seule. Samantha est déjà partie, ses copines ne me tentent pas. Reste Alessandro, qui a l'air de s'ennuyer fermement depuis que mon oncle a entrepris de négocier avec Yannis. Je l'invite à me suivre. Il a l'air perplexe, mais il se lève.

Il est six heures du soir, en m'évadant de l'atelier j'ai la même sensation de dégoût que si je sortais d'une salle de cinéma après un mauvais film. Alessandro allume une cigarette qu'il tient entre ses dents et demande quels sont mes projets. Je lui dis que je suis en cavale pour une durée indéterminée et que mon temps est le sien s'il n'y voit pas d'inconvénient. « Allons à Carnegie Hall, j'ai rendez-vous là-bas dans cinquante minutes, c'est le temps qu'il nous faut pour nous y rendre à pied. » J'ai horreur de me balader la nuit, même en ville. Il adore ça, évidemment. Il se moque pas mal de mes phobies, il ne marche pas, il cavale ! Qu'est-ce que je fais là à trotter après ce garçon dans les rues glacées de New York ? Je ne sais pas.

Il m'explique qu'il a été très impressionné par mon exposition, mais que l'excès de marketing qui accompagnait la présentation au public de mes œuvres l'avait fait douter de la sincérité de mon travail. Je réplique sur le même ton que je ne risque pas de douter de la sincérité de son œuvre étant donné que le déficit de promotion autour de ses créations ne m'a jamais permis d'entrer en contact avec sa musique ! Un point partout, balle au centre. Et si on se parlait gentiment maintenant ?

D'où vient mon amour pour la musique ? De Vivaldi ! Il en est fan, ça nous fait un point commun ! Il m'explique que la musique l'envahit depuis toujours, qu'elle circule en lui comme un flot ininterrompu. La nuit, il rêve de ce qu'il compose le jour. Son crâne est plein de notes comme celui de Maïakovski était rempli de poèmes. Cet homme porte en lui un monde de mystère. Il pratique couramment un langage qui est incompréhensible, sur le papier, pour le plus grand nombre, mais accessible à tous au concert. Je marche à côté d'un alchimiste du son. C'est la première fois que ça m'arrive, permettez-moi d'en profiter un peu, on ne rencontre pas des Mozart à tous les coins de rue ! Alessandro est mort de rire, et si je détestais sa musique ? Je réponds que ce sont ses mains, son visage et son corps camouflé sous ses vêtements d'hiver qui m'obsèdent. Il s'imagine que je plaisante et insiste pour que je vienne à son concert demain soir. Il préfère dénuder son âme ? Je me fais une raison... « Quel est le programme de ton concert ?

— Mon concerto pour violoncelle. Tu veux vraiment venir ?

— Bien sûr !

— J'appelle mon agent pour voir si c'est possible, il n'y a que trois concerts organisés à New York et je sais que c'est archicomplet depuis des mois. — Je veux y aller. — C'est bon. » J'irai ! Merci mon Dieu ! Mais qu'est-ce qui m'arrive ? Je connais ce garçon depuis quelques heures à peine et je n'ai déjà plus envie de le quitter. Je suis seule au monde avec lui et je me sens bien. « Une fille comme toi, ça drague plutôt les rock stars ! Non ? », dit-il en se marrant. Pour qui me prend-il, Vivaldi ? Il enchaîne : « Ça fait deux mois à peine que je travaille aux États-Unis et j'ai vu des photos de toi avec tout le show-biz local dans les journaux. Je t'ai vue aussi chez Parry Thingking sur CNN, c'est ton oncle qui a orchestré ça ?

— On peut fréquenter les vedettes la journée, participer au grand cirque médiatique et continuer à lire des livres le soir, ce n'est pas interdit ! » Et je lance fièrement : « Grâce à ça, je vis de mon travail depuis l'âge de dix-sept ans !

— Moi aussi, je vis de ma musique depuis... à peu près le même âge... » Son portable sonne. « Allô ? ! Tu es où ? OK ! j'arrive ! C'est György Biltis, un ami musicien », dit-il. Merci, je sais qui est György Biltis, il me prend pour une demeurée ou quoi ? Nous l'avons retrouvé dans un bar d'hôtel près de Carnegie Hall. Je ne suis pas restée très longtemps, les deux amis étaient trop intimes pour que le rêve continue.

Dans le taxi qui me ramenait à l'atelier j'étais suspendue entre deux temps, figée dans un présent exaltant. J'allais le revoir dès demain, ma pensée était dirigée vers lui. Toute ma volonté aussi. C'était lui. J'appelais Maria à Paris, ma petite mère, pour lui dire que j'avais rencontré l'homme de ma vie. Maria riait en me traitant de folle. « Tu verras, Maria, c'est lui, tu verras. — Et

Clara ? dit-elle. » Clara ? Je ne pensais plus à elle. Une histoire chassait l'autre. C'était comme ça depuis toujours.

En ouvrant la porte de l'atelier je découvre avec soulagement qu'il est désert. Je ferme la porte à double tour et pousse le loquet de sécurité. La messagerie de mon portable est saturée. John me rappelle notre rendez-vous, samedi soir, pour un dîner crapuleux. Mon oncle ensuite, il m'annonce que tout est arrangé avec Yannis, je peux l'appeler quand je veux. Le plus tôt sera le mieux car il a quelques questions importantes à me poser au sujet de Clara. Qu'est-ce qu'il lui veut, le père fouettard ? C'est justement elle qui s'excuse d'avoir quitté le navire... elle est partie se réfugier chez Samantha ! Yannis maintenant, il dit avec un ton de racaille que mon « bouffon » de tonton ne vaut pas mieux que mon « enculée » de mère et qu'il me donnera vite de ses nouvelles. J'ai un début de crampe à l'estomac, ce type me fait peur.

Je rappelle mon oncle, qui me fixe rendez-vous dans un bar en face de la galerie. Lorsque j'arrive, son visage m'en dit long sur ce qui m'attend. Je me prends le savon du siècle. L'Empire State Building sur le coin de la figure. Avec en prime, une avalanche d'injures. En soudoyant Yannis à coups de milliers de dollars, il avait appris que Clara n'était pas entrée dans ma vie par hasard. C'est Yannis qui me l'avait fourrée entre les pattes, il voulait m'utiliser pour faire pression sur ma mère *(Notre mère, devrais-je dire)* et nous extorquer un maximum de blé. Il avait rôdé dans mon quartier à Paris, pendant des semaines, afin de connaître mes habitudes et avait placé Clara sur mon chemin, pour me ferrer, au jardin du Luxembourg.

Je comprends mieux pourquoi elle avait un air de déjà-vu ce matin-là. Mon oncle hurle que je suis trop conne. Ses cris me tapent sur le système. Je décide d'en finir avec lui : « Écoute, tonton, règle ça avec ta belle-sœur si tu en as le courage, je ne suis pas responsable de l'existence de ce garçon et franchement je trouve votre comportement à tous dans cette histoire parfaitement ignoble. » Sur ce, je plante là mon oncle et je rentre chez moi.

Un loup

Envoyer promener mon oncle comme je viens de le faire est la meilleure chose qui me soit arrivée depuis bien longtemps ! Après une bonne nuit de sommeil et une journée passée seule sous la couette, je me lève avec le sentiment d'être libre pour la première fois de ma vie. Certes, Clara m'a bien baisée. Au sens propre comme au figuré. Mais je n'ai pas le temps de laisser le dégoût s'emparer de moi. J'ai rendez-vous avec Alessandro. Je me prépare avec frénésie. « *Une histoire d'amour chasse l'autre !* » Je me répète cet aphorisme en cavalant vers Carnegie Hall.

Une histoire d'amour ? Mais de quoi est-ce que je parle ? Je ne sais rien de l'amour. Aimer et être aimée, ce n'est pas possible que je n'y aie pas droit ! J'en suis là de mes génuflexions psychiques lorsque soudain, à l'endroit idéal et habituel de mon désir, je ressens une peur violente, je vacille et m'effondre sur le trottoir.

Ma tête cogne contre le bitume, je la vois rebondir comme une balle jusqu'à la mer. Elle roule si vite sur l'asphalte que j'en ai mal au cœur. Je meurs et je trouve ça atroce à vivre... Ma tête rebondit une dernière fois sur la terre avant de plonger comme une météorite dans l'eau glacée de l'océan Atlantique.

J'ai une peur bleue de l'eau, des poissons, des algues et de tout ce qui compose cette chose effrayante et salée. C'est immonde le fond de l'eau, et en plus, à la pointe de Manhattan, c'est plein de cadavres : des hommes, des femmes, des enfants, des bouteilles, des bagnoles. C'est gluant, vert et ça pue. Oui, ça pue. Ma tête vient d'atterrir dans ce merdier. Je ne suis pas seule. Là, sur ma droite, la tête de ma mère, on dirait la tête de Salomé, une pure tête de tueuse. Un peu plus loin, c'est celle de John, il a la bouche pleine d'eau, on dirait une tête de mérou prête à éclater. Clara est là aussi, les yeux et la bouche écartelés, elle est morte effrayée. Plus loin, Samantha, les lèvres roses et pailletées, sa tête ressemble à celle d'un petit cochon en gelée, très sexy. Enfin, sur ma gauche, Yannis et son sourire en coin, il a un trou béant au milieu du front. Il a l'air content, même mort, il a l'air content ! D'un seul coup, ils disparaissent tous, aspirés par la vase. Sauf moi. Je suis soulagée de ne plus les voir ! Mais mon bonheur est de très courte durée : une ancre de cargo dévale la centaine de mètres de fond qui me sépare de la surface de l'eau et j'assiste impuissante à sa chute sur mon crâne. Fin du cauchemar.

Il fait noir, ma tête et mon corps me font mal. J'ai su finalement que j'étais vivante au goût de mon sang dans la bouche. Je ne vois rien, je n'entends rien sauf les battements démesurés de mon cœur. J'ai les bras attachés dans le dos. Mes pieds sont liés. Je suis ventre à terre, la joue droite contre le sol. Je ne suis pas morte, mais à cet instant j'aurais préféré.

Le sol est terreux et tiède, je suis dans une cave. Je réalise que j'ai la bouche bandée et que rien de tout ce bordel n'est normal. Je pleure comme une fontaine. Dans un sursaut de dignité je tente de m'asseoir. Ma tête vient d'entrer en collision avec un objet en fer, le choc me renvoie au sol. J'arrive à me redresser. Comme une dévote, je fais à genoux le tour de cet espace immense et glacé. Personne ne peut me laisser là, toute seule, ce n'est pas possible ! J'ai mon manteau sur le dos, mes bottes, mes gants, mon jean, mon bonnet... Mon portable ! Il est dans la poche arrière de mon jean, à droite. Je sais qu'il y a une chance sur un million qu'il capte dans un sous-sol, mais vite ! Je veux voir sa petite lumière bleue ! Je n'ai plus mon portable ! Je suis vraiment perdue. Qui m'a traînée jusqu'ici ?

C'est lui, là, dans l'encadrement de la porte. Je suis envahie par une tristesse immense et bientôt secouée par un sanglot irrépressible. C'est bien lui, Yannis, les yeux mi-clos, le sourire en coin. « Faut qu'on se parle. » Il referme la porte derrière lui et allume la lumière, une petite ampoule jaune accrochée au plafond se met à briller faiblement. Il y a trois verrous à la porte. Il s'assoit sur une chaise de jardin qu'il déplie devant moi et commence à rouler un pétard. Je le regarde mouiller avec sa langue une cigarette avant de l'éventrer et d'en déverser le contenu dans une feuille de papier à fumer. Son corps est recourbé au-dessus de la jambe qu'il a croisée et où il a posé en équilibre la boulette de haschisch, le papier, le paquet de cigarettes et son briquet. Il brûle le morceau de haschisch et le mélange au tabac. Il fait ça lentement, sans me regarder, en silence. Je sens le parfum de la drogue, l'odeur me rassure. Il allume enfin la petite mèche au bout de son pétard, la regarde brûler, et porte le joint à sa bouche. « T'en veux ? » Je lui fais signe que oui. « Faut te débarrasser de ça d'abord », dit-il en désignant le sparadrap sur ma bouche. « Je vais te libérer les mains, tu enlèves toi-même ce que tu as sur la bouche et sois gentille, ne crie pas... »

Je me suis exécutée. Je n'avais pas envie de crier ni de parler, j'avais juste envie de fumer. Il a recommencé le rituel pour moi cette fois, aussi lentement que la première fois, sans me regarder. « C'est affreux ce que tu ressembles à ta mère », dit-il. *(Non, tu te trompes, on ne se ressemble pas. Elle est dingue, je ne vais pas si mal. Je n'ai abandonné personne à sa naissance.)* Il va quand même falloir que je lui explique. Je ne vais pas me laisser sacrifier sur l'autel des erreurs de ma génitrice.

« Et puis, tu as baisé ma femme. » Cette phrase sort de sa bouche après un long silence. Ça, d'accord, je ne peux pas le nier. Je ne peux pas non plus m'en vanter, donc je continue à me taire. Comme il est mortellement long à enchaîner ses idées, j'essaie une petite entrée en matière : « Yannis, tu en as sûrement bavé mais tu n'es pas le seul et je ne suis pas responsable de ton histoire personnelle. Si tu as des comptes à régler, pourquoi ne pas les régler directement avec ma mère ? Elle est à New York en ce moment... Si tu veux, je m'arrange pour que tu la rencontres.

— Ben voilà, on y arrive... fallait que je te mette à genoux dans cette cave pour que tu daignes m'écouter. Ton enfoiré d'oncle m'a offert un billet de retour et un sacré paquet de fric pour que je me tire. Avec son blé, tu vois, j'ai loué cette baraque en banlieue. Nous sommes dans la cave... Elle te plaît ma cave ? — Pourquoi ? tu comptes me la sous-louer ? » Ça y est, je suis énervée, il m'étouffe avec ses histoires de famille, le fiancé de Clara.

Une baffe, je viens de prendre une baffe ! J'ai des sirènes hurlantes plein le cerveau, je ne vois plus rien. Yannis est dingue, je vais le tuer. Je ne sais pas encore comment, mais je vais le tuer. Le temps de reprendre mes esprits et... il s'est tiré le lâche ! J'ai hurlé comme un cochon, je l'ai « bardé » d'injures et me suis effondrée en larmes.

J'ai hoqueté un bon quart d'heure avant de le supplier de me laisser monter dans la maison. Il redescend, tranche le gaffeur gris métallisé qui me lie les chevilles et attend que je me relève pour me dire : « Tu crois pas qu'on pourrait s'entendre ? — Si tu arrêtes de me taper dessus, peut-être. »

Nous arrivons en haut des marches. La maison est une ruine, un trou noir. Mon oncle Gérard lui a outrageusement graissé le portefeuille, alors pourquoi a-t-il loué un tel taudis ? « Tu voulais quand même pas que je loue un palace ! Y a pas de cave dans les palaces, et j'ai pas l'intention de faire de vieux os ici... Je ne suis pas venu à New York pour m'installer. »

Il est deux heures du matin. J'ai faim, j'ai mal partout. Le destin a mis en réparation chez moi ce frère déglingué et brutal. Je n'ai aucun goût pour la mécanique. Mettre les doigts dans le cambouis, ça me dégoûte. Mais, là, je n'ai pas le choix. Je dois lui donner un coup de main pour éclairer ses lanternes du côté de « Qui suis-je ? », le soutenir dans son « Que fais-je ? » et même l'aider à trouver des pistes pour savoir « Ce qui lui est permis d'espérer ». Mais pour ça, il faut qu'on parle. En attendant, on s'observe.

On dirait un loup, mon demi. À cause de son regard en dessous, mais pas seulement. Il a l'air inquiet, sur le qui-vive. C'est la première fois que je me retrouve en face d'un homme-loup. Et la fumette le rend encore plus réel. Je n'ai jamais sculpté d'homme comme lui ! La charognarde que je suis, avide de nouveaux corps à sculpter, scrute sa proie. En dehors de sa tête Yannis ne laisse rien paraître. Il est enfoui dans un parka noir qui lui descend jusqu'aux genoux et qui est aussi large que s'il vivait à deux dedans. Un vieux complexe inconscient m'empêche de fantasmer sur son corps.

Rester en face de ce carnassier mutique encore une minute de plus, c'était trop me demander. Pourquoi ne me laissait-il pas rentrer maintenant ? On se serait donné rendez-vous à l'atelier demain, et là on aurait élaboré ensemble un plan pour serrer sa génitrice quelque part dans New York ? Il ne voulait rien entendre, il était persuadé que si je sortais de la maison, j'irais directement déposer une plainte chez les flics. Il était si dangereux que ça ? « C'est ta tête qui est dangereuse ! dit-il. — Qu'est-ce qu'elle a ma tête ? — Des traces de coups. »

J'avais oublié que j'avais mal, et je n'avais pas pensé une seconde à vérifier ma tête dans une glace. Je sentais que j'avais le côté droit du visage un peu tuméfié, surtout au niveau de la lèvre et de la paupière. « Franchement, c'est quoi, cette idée de m'assommer comme si j'étais un vulgaire... » Il me coupe : « Je ne t'ai pas assommée, je t'ai endormie au chloroforme. J'ai fait un faux pas, tu m'as échappé des mains et tu es tombée sur le bitume en percutant d'abord une bouche à incendie que je n'avais pas vue. »

La fatigue me va mal, lorsque j'atteins un certain seuil mon humeur s'en ressent violemment et je passe en mode agressif : « Yannis, j'en ai ras le bol. Je veux rentrer. Je caille, j'ai faim et j'ai compris ce que tu voulais. Si encore on pouvait en parler, toi et moi, de cette histoire ; mais tu ne dis rien. Tu es là, on dirait un loup sur la mer de glace. Tu es déjà allé à la mer de glace ? Non, et tu t'en fous sûrement. Tu as raison, c'est horrible, cet endroit. J'y suis allée en plein été, c'était sale comme un boulevard périphérique en plein hiver. Le glacier était gris, dégueulasse. Cette vision m'a collé un dégoût de la nature, à vie. Au pied du glacier, pour attirer les touristes, il y avait des loups en cage. En te regardant, je les revois. Je pense aussi à mes parents qui n'étaient pas avec moi ce jour-là. Comme d'ailleurs aucun autre jour de ma vie. Je suis orpheline de mère, figure-toi, comme toi, depuis ma naissance. Elle ne voulait pas de moi. Elle ne m'a pas élevée, elle ne m'a pas aimée, c'était pas son truc les mômes. *Idem* pour mon frangin, tu sais que j'ai un frère ? » Apparemment, ça ne l'intéresse pas. J'enchaîne donc sur son unique passion du moment : notre mère.

« Elle nous a conçus, mon frère et moi, pour satisfaire les parents de mon père, pour rentrer dans la norme bourgeoise. Pas par amour. Son unique lubie à l'époque du Crady, c'est le fils du banquier, mon père. Notre mère est une mère de glace... Voilà ce qu'il dit mon souvenir d'enfant ! Une mère polluée, grise, froide et indifférente.

On paye pour voir la mer de glace. Comme on payait notre mère pour la voir à poil au Crady. C'est comme ça qu'elle a séduit mon père, les seins à l'air. Toi, tu es arrivé visiblement au mauvais moment. Tu as dû la gêner dans ses projets. À ton tour de parler de toi. Qui est ton père ? Que sais-tu de lui ? » Yannis ne dit toujours rien, assommé par la douleur et la haine.

« Qui est ton père ? » J'ajoute plus doucement : « Tu veux bien nous rouler un petit bédo, pour nous détendre ? » Il ne répond pas, mais s'exécute. J'ai si faim que la faim finit par me quitter. Je demande s'il n'y a rien d'autre à boire que l'eau du robinet. Je suis au nirvana lorsqu'il m'indique qu'il a une bouteille de Coca dans sa poche. Il faut que j'attende la fin de la cérémonie du pétard. Il allume enfin la mèche et tire une grande taffe avant de sortir la canette qui ébruite un petit pschitt salvateur. Il est bientôt cinq heures du matin et même la fatigue m'a quittée.

Yannis a le visage un peu plus calme lorsqu'il entame son récit :

« Je pensais que ma mère était morte, c'est ce que m'avait dit mon père. J'ai appris la vérité à la mort de ma grand-mère, dans une lettre qui accompagnait son testament. Ma grand-mère ne m'avait rien dit de son vivant parce qu'elle avait honte de cette histoire qui lui rappelait la sienne. Jeune, elle était bonne chez un... Comment on appelle ça déjà un type qui possède des bateaux ?

— Un armateur.

— C'est ça, un armateur grec. Un fils de pute qui a foutu ma grand-mère en cloque et qui l'a renvoyée dans ses pénates avec un peu de blé pour qu'elle ne crève pas de faim avec son môme, mon père. Le jour où il a débarqué seul avec son bébé, elle a raconté à tout le monde que ma mère était morte. C'était mieux que de dire que mon père était un imbécile queutard !

— Qu'est-ce qu'elle t'a dit d'autre, ta grand-mère, dans la lettre qui accompagne la photo ?

— Elle donne le nom de ma mère.

— Quel nom ?

— Jeanne Duprès, c'est le nom de ta mère, hein ? » Il dit ça avec son sourire de loup, les yeux plissés. J'acquiesce.

Je vois bien dans le regard de Yannis qu'on partage une douleur commune. J'ai la certitude désormais que nous sommes frère et sœur. J'ai envie de le serrer dans mes bras. Je me ressaisis et dis : « Tu comptes faire quoi maintenant ? Réparer le temps passé ? Je te préviens qu'avec elle c'est impossible, cette femme est une arme de destruction massive pour ses gamins. C'est son défaut majeur de construction à elle. Elle aime ses chiens, pas ses enfants. Tu sais que ça existe les gens comme ça, n'est-ce pas ? Tu en as déjà entendu parler, hein ? Yannis ! Je t'en prie, réponds-moi ! »

Il est fixé dans sa douleur. Moi, je me relève vite parce que je sais, je la connais, j'ai eu le temps de faire mon deuil de cette mère-là. Lui, il ne peut pas savoir, il ne la connaît pas encore. C'est ça, il veut la connaître. Il veut sa guerre avec elle, je ne pourrai pas empêcher ce massacre-là. « OK, Yannis, C'est quoi ton objectif ? Dis-le-moi...

— Savoir.

— Quoi, par exemple ?

— Pourquoi.

— Elle ne te le dira jamais. Tu pourrais la traîner devant un tribunal, même là elle continuerait à te dire qu'elle ne veut pas de toi. Tu obtiendras peut-être de l'argent, mais jamais son amour. Elle ne nous aime pas. »

Il a finalement accepté de nous rapatrier à New York. Je lui ai conseillé de rendre son taudis et de prendre une chambre d'hôtel pour le même prix. Qu'il claque le blé d'oncle Gérard et qu'il me fasse signe lorsqu'il n'en aura plus. Il m'a fait un sourire tranquille qui signifiait sans doute que Gégé lui avait donné de quoi passer quelques années sans avoir à m'inquiéter pour lui !

Nous avons traversé la ville jusqu'à mon atelier sans parler. En arrivant, je lui ai simplement demandé de me rendre mon portable. J'ai quitté la voiture en silence. Ce n'était pas la peine de se dire à tout à l'heure. Ni de s'embrasser. Il n'y a que les gens civilisés qui se plient à ce genre de rituel.

Vivaldi

En pénétrant dans l'atelier, je note avec un certain soulagement l'absence de Clara. Je suis persuadée qu'elle a retrouvé Yannis. Je file directement me coucher au premier étage. D'abord dormir, ensuite faire le point. En passant devant la glace de la salle de bains, je découvre que ma bouche est tuméfiée et que mon œil droit n'est pas mieux. Il faut que je voie ça de plus près... C'est gonflé et légèrement violacé. Dans quelques heures ce sera carrément aubergine, puis jaune moutarde tirant vers le kaki. Ce mélange de couleurs me donne un haut-le-cœur.

En me glissant sous la couette, j'ai une pensée pour Alessandro, il faut absolument que je l'appelle, je ne sais pas pourquoi. Je vois le visage menteur de Clara, celui de John avec qui je devais passer une nuit crapuleuse. Je songe à Gégé qui croit pouvoir tout régler à coups de blé. Je ne pense pas à ma mère parce que je n'y arrive pas, ni à mon père pour la même raison. Subitement, mon vieux voisin Platon m'apparaît.

Platon ! Je suis debout en une seconde et arpente la chambre à la recherche d'une cigarette. Je dévale l'escalier pour prendre un Coca dans le frigo. Je suis nue comme un ver et j'ai froid. Mais je ne peux pas faire tout en même temps : réaliser ce que je viens de comprendre, fumer, boire mon Coca et m'habiller. J'allume d'abord une cigarette. Platon, mon vieux voisin d'atelier, est le père de Yannis ! Je compose immédiatement le numéro de ce dernier :

« Ton père, le fils de l'armateur grec et de la petite bonne suisse, je le connais. Il habite à côté de chez moi à Paris et ça fait des années qu'il me sert de modèle. Tu savais ça aussi ?

— Non, répond Yannis, je ne savais pas et je m'en fous. » J'insiste : « Mon voisin s'appelle Platon, est-ce que c'est lui ? » Yannis dit : « Oui » et raccroche brutalement.

Je suis recroquevillée sur mon canapé, nue, j'ai fini mon Coca et ma cigarette depuis belle lurette, j'ai tellement froid que je n'ose plus me déplier. OK, Yannis veut voir la tête de sa mère, ça peut se comprendre ! Il ne va pas être déçu. Et puis ça l'aidera peut-être à rejoindre l'autre survivant de sa lignée, son père imparfait, certes, mais vivant ! Il faut que j'aille dormir quelques heures, j'ai un planning dément à organiser aujourd'hui : un nouveau rendez-vous avec Alessandro, et un guet-pan ! pan ! pour ma mère ! Mon téléphone vibre à l'arrivée d'un texto. C'est Clara : elle m'écrit « Pardon » et aussi : « S'il te plaît ne répond pas. » Son message est sans ambiguïté, elle est à nouveau retournée dans les bras de Yannis.

Les *Quatre Saisons* de Vivaldi à fond dans les oreilles pour m'endormir, comme quand j'étais môme. Ça marche, je sombre.

Sigmund

J'ai passé la journée à dormir en faisant des rêves monstrueux. Dont un : je suis dans une église baroque au milieu d'une chorale de vieilles femmes habillées en noir. Comme je ne connais pas les paroles des chants, je fais semblant de chanter. Elles chantent atrocement faux. Un curé les observe de sa chaire à travers des lunettes plus épaisses que des culs-de-bouteille. Il a l'air atterré. Alors, pour se venger de son mépris, les petites vieilles rejoignent l'autel par l'allée centrale et lui tirent la langue, l'une après l'autre. Fin du rêve.

Qui sont toutes ces vieilles femmes ? Pourquoi chantent-elles si faux ? Et ce pauvre homme atterré ? Je fouille mon rêve pour en extraire le sens. Les femmes sont les menteuses de mon histoire commune avec Yannis, la grand-mère de Yannis qui lui explique que sa maman est morte ; notre mère à tous les deux, qui nous ment depuis toujours. Un mensonge très violent pour Yannis, la négation de sa naissance. Les vieilles chantent faux parce qu'elles ont menti et qu'elles continuent à mentir même devant Dieu. Ces pécheresses sont des menteuses non repenties. Quant au curé, il représente Yannis, la victime des mensonges. Et moi, qu'est-ce que je fais là ?

Je suis une femme, comme elles, mais j'ai choisi de ne pas suivre leur voie. Je ne reconnais pas les paroles de leurs chants impies. Je me désolidarise de leurs méfaits. Je reconnais la laideur de leurs voix qui contraste avec la beauté de l'église. La folie baroque de ce lieu est fascinante, les colonnes autour de l'autel se tordent de bonheur, les peintures explosent de couleurs vives et joyeuses, jaune, doré, bleu ciel ensoleillé. La vie est ici transcendée par des hommes et des femmes qui lui reconnaissent une très grande beauté. Les menteuses de mon rêve ne reconnaissent bien que la laideur du monde.

Ma joie d'avoir compris ce rêve trébuche rapidement sur les vêtements de Clara éparpillés dans la salle de bains. Mon corps nu dans la glace me rappelle le sien, que j'aimais. Je suis interrompue dans ma rêverie par un appel de ma mère auquel je ne réponds pas, elle laisse le message suivant : « Puisque tu n'as pas daigné dîner avec ton oncle, ton père et moi hier soir, je t'informe que nous reprenons l'avion ce soir. »

Ni bonjour, ni au revoir, ni comment vas-tu ? Ni j'ai vu ton expo, c'était pas mal, ni est-ce que tu aurais besoin de quelque chose ? Juste ce ton glacial pour dire qu'ELLE n'est pas satisfaite. Sa froideur m'assomme, je ne m'y habitue pas. Surtout ne pas effacer le message, pour que Yannis ait une preuve qu'elle part ce soir. Quel est le bouton pour sauver les messages ? Je pose la question en même temps que mon doigt enfonce la touche numéro trois. Mon inconscient a frappé. Le message est effacé.

Il est dix-huit heures. Il fait nuit noire, ça me rend légèrement claustrophobe. Pas de nouvelles de John, on devait pourtant dîner ensemble ce soir. Plus de nouvelles de Clara. Pas envie de lupanar rose. Personne ne m'appelle. Je me sens seule au monde... J'appelle Alessandro.

Concerto

« Allô ? Alessandro ? Je ne te dérange pas ? Je voulais que tu me pardonnes pour hier, j'ai eu une sorte d'empêchement radical. Je me suis fait kidnapper... Ne rigole pas... ! Enfin si, rigole si tu veux, mais c'est la stricte vérité. Il faut me croire parce que j'ai sincèrement envie de venir écouter ta musique. C'est possible ce soir ? Merci, c'est très gentil... Tu m'excuseras, mais je me suis fait amocher, aussi suis-je un peu plus bleue que la première fois où nous nous sommes rencontrés... Bleu comment ?... Entre le bleu Klein et le bleu pétrole, ça dépend de la lumière... Il faut que j'y sois à quelle heure ?... Dix-neuf heures trente ?... OK, merci beaucoup, à tout à l'heure ! »

Je fonce m'habiller, entraînée par un rapide battement de cœur. Je suis heureuse qu'il ait envie de me revoir. Je mets l'« orage » des *Quatre Saisons*, à fond dans l'atelier. Vu l'heure et la neige qui tombe, j'ai intérêt à prévoir une tenue adaptée à un petit plongeon dans le métro. John cherche à me joindre... Je ne décroche pas, je n'ai pas le temps et puis c'est trop tard. Je l'aime bien, mais il m'agace. Son côté bientôt marié à Mhelsea m'horripile. Qu'il se marie et qu'on n'en parle plus ! J'ai envie d'un nouveau genre de liberté : aimer un homme ou une femme libre.

Lorsque je n'ai rien à lire dans le métro, je cogite. Ce soir, c'est le thème de l'amour qui s'impose à moi. Je sens qu'il va falloir que j'aille le chercher très loin au fond de moi. J'ai une forte envie de modeler ce que je ressens à cet instant-là. Peut-être un visage étonné... Comme le visage d'une mère qui découvre son enfant à la naissance.

Je me sens un peu anesthésiée en sortant du métro. Je me demande pourquoi je suis là, perdue dans l'immensité de cette ville. Je sais que je vais écouter un concert. Mais pourquoi celui-là ? Et pourquoi y vais-je seule ? « Comment faut-il prendre la pente ? Monte ! et n'y pense pas ! » J'ai peur de quoi au juste ? J'ai peur de rencontrer un homme qui me plaît. Je suis cinglée, je ne le connais même pas cet Alessandro ! Oui, mais il m'a plu au premier regard. Comme John, comme Clara ? Non ! Et c'est bien ça le problème. Pas comme eux, mais je ne sais pas encore pourquoi.

Il y a un monde fou devant Carnegie. Je lui envoie un petit texto : « Où es-tu ? » Il répond qu'il est dans le hall près du contrôle. Il est entouré d'amis, qu'il présente : « Voici Philippe T., célèbre journaliste au magazine *Musica*... Là, Amadeo ! Un génie de la plume, mon frère de cœur ! » Il clame son prénom en traînant sur tous les « a » ; Amadeo éclate de rire, un rire bruyant. Alessandro porte une cigarette à ses lèvres. Je vois qu'il a oublié de mettre ses boutons de manchettes, je trouve ça sexy. Il continue les présentations : « Camille ! » Camille était juste Camille. Cette façon qu'il a eue de la présenter aussi simplement signifiait clairement que Camille était sa maîtresse. J'ai rugi, intérieurement, mais assez fort pour me rendre sourde quelques secondes. Je fais aussi la connaissance de son agent, François, la quarantaine classe avec un beau regard fraternel posé sur ce jeune chien fou qui enchaîne les présentations : « Voici Jaco et Patrick, producteurs télé, ils font un film sur ma tournée américaine. »

Patrick s'entretient très gentiment avec moi à propos de mon expo. Il l'a découverte en compagnie d'Alessandro et se demande si éventuellement il ne profiterait pas de son séjour à New York pour faire un sujet sur moi pour la télévision française. Je suis sur le point de lui répondre que j'accepterais volontiers sa proposition, à condition qu'il m'en dise un peu plus sur la relation d'Alessandro avec cette rousse, la fameuse Camille. Mais la sonnerie annonçant le début du concert ne m'en laisse pas le loisir. Nous nous dirigeons vers l'intérieur de la salle. Alessandro remarque en riant que mon œil au beurre noir est impressionnant ! Patrick en profite pour demander ce qui m'est arrivé. Je lui explique bien volontiers mon déboire de la veille : « J'ai été enlevée par mon demi-frère, hier soir. Il m'a endormie au chloroforme en pleine rue et au moment où je tombais dans les pommes, il m'a mal rattrapée, je me suis d'abord cognée sur une bouche d'incendie, d'où ma lèvre amochée, puis sur le bitume, et là, c'est l'arcade sourcilière qui a pris un coup. » Il dit juste « Ah bon ? » l'air étonné. Il n'en saura pas plus pour le moment car le concert commence.

La musique d'Alessandro est folle, juvénile et puissante. Le violoncelliste s'en empare avec passion, soutenu par un orchestre soulevé de terre par son chef. Son concerto est construit comme un château fort, rempli de légendes futuristes, chantées, scandées, pleurées par la voix androgyne du violoncelle. Je suis impressionnée par la vitalité de l'œuvre, la musicalité du soliste et par la sonorité exceptionnelle de cet orchestre. La fin du concert est accueillie par un tonnerre d'applaudissements. Le soliste invite Alessandro à le rejoindre sur scène. Son agent, assis à côté de moi, s'exclame : « C'est un succès ! », puis : « C'est un triomphe ! », les applaudissements ne faiblissent pas. Je me laisse entraîner dans le flot de l'après-concert : direction les coulisses de Carnegie, d'austères couloirs en béton qui conduisent aux loges des vedettes de la soirée.

J'aperçois le chef, il a abandonné sa queue-de-pie noire pour un grand kimono blanc. Il semble complètement nu dessous, c'est du plus bel effet ! Il est entouré de femmes japonaises qui lui font des courbettes en poussant des petits cris d'admiration. Les autres attendent, à bonne distance, la fin de ce cérémonial intimidant, avant de pénétrer à leur tour dans la loge du maestro, le stylo à la main, prêtes à quémander un autographe. Le violoncelliste a gardé son frac, il embrasse à tour de bras ses admirateurs tous sexes confondus. Même moi, qui passe par là, j'ai droit à une grosse bise gloutonne. Il a l'air heureux. Les flashes crépitent autour de lui, il offre ses sourires à tous les objectifs. Alessandro est près de lui, fier. La foule qui attend dans le couloir est impressionnante.

Je sors de la loge et tombe sur Amadeo à la fois très excité et nerveux. Il me demande de l'accompagner prendre un verre, en attendant la fin des mondanités. D'accord, je suis motivée car j'ai très envie de fumer et ici, encore moins qu'ailleurs dans ce pays, on ne peut allumer une cigarette sans risquer de se faire expulser *manu militari*. Devant l'ascenseur, nous retrouvons Camille. Je suis prise en sandwich entre le meilleur ami et la maîtresse. J'ai le sentiment qu'ils se demandent tous les deux ce que leur génie peut bien trouver de sympathique à cette petite chose à l'œil au beurre noir.

Je sens la pression de leur regard sombre sur moi, je sors mon paquet de cigarettes et leur tend un calumet de la paix. C'est Amadeo qui allume la sienne le premier en quittant le théâtre. Il nous offre du feu. Nous décidons d'aller juste en face, dans le seul bistro encore ouvert à minuit, qui ne soit pas un restaurant de luxe, mais un bar à hot-dogs où j'ai mes habitudes. Je suis un peu chez moi ici, ça me détend. Nous commandons trois bières. Ça nous fait un point commun supplémentaire, en plus de notre passion pour la musique et notre intérêt pour Alessandro !

Nous nous sommes relayés une bonne heure entre le bar et le trottoir pour fumer. C'était assez cocasse, cette conversation à trois moins un. Surtout lorsque je discutais avec Amadeo. Il m'avoua sans détour qu'il trouvait mon travail dément mais mon personnage médiatique complètement « merdique ». Je lui répondis gentiment qu'il n'était pas donné à tout le monde d'accéder aux médias et que j'en profitais sans me soucier des distorsions d'image que cela pouvait induire. Je savais bien qui j'étais, peu m'importait de plaire ou non, ce qui me préoccupait c'était de permettre à mon travail de toucher le plus grand nombre et grâce à cette campagne qu'il jugeait si « merdique », la galerie ne désemplissait pas et mon carnet de commandes non plus. Il sortit fumer. Lorsque Camille prit le relais ce fut plus calme, elle ne parlait pas. Moi, avec mon travail, j'étais habituée à regarder les gens sans leur parler. Ça pouvait durer des heures. Par contre, elle, elle a craqué relativement vite, elle s'est mise à composer des textos ! Elle ressemblait un peu à Clara avec ses yeux très foncés, les pommettes hautes, la peau claire, l'air un peu cassé, mais en plus jolie peut-être. Ce qui m'intéressait surtout était de savoir si, oui ou non, elle était la fiancée du génie. J'avais un petit doute. J'aurais dû demander à Amadeo. Je n'ai pas osé. Et puis le temps a passé très vite et Alessandro nous a rejoints avec le reste de la bande. Il s'est installé en face de moi. Camille était à l'autre bout de la table. Un indice supplémentaire ? Le hasard ?

Il demande cent fois si le concert m'a plu. Il n'est visiblement pas rassasié par mes compliments alors il se tourne vers l'assemblée pour en réclamer d'autres. Ses amis lui rendent hommage dans un brouhaha étourdissant. Il exulte et répond à chacun. Je cesse de l'écouter pour le regarder. Cheveux bruns en bataille, bouche charnue, longues mains agitées, je vois son cœur battre dans une artère de son cou. Je crois qu'il a compris que je ne l'écoutais plus, son regard plonge dans le mien, surpris. Il demande soudain si mon œil et ma bouche bleus ne me font pas souffrir. Que m'est-il arrivé ? Je lui raconte brièvement ma mésaventure avec Yannis. Il ne semble pas croire un mot de cette histoire d'enlèvement... et insiste pour que je lui donne plus de détails. Alors j'entame mon récit en reprenant tout depuis le début... Je lui parle de ma mère, de son passé de gogo, lui explique que Yannis est son fils, qu'elle l'a abandonné à la naissance pour pouvoir épouser un homme riche, mon père. J'évoque mon frère interné à l'Éducation nationale qui vit comme un vieux garçon dans la maison de nos parents, deux vieux défoncés devant l'Éternel, égoïstes et destructeurs. Je lui parle de leur haine pour mon travail. Je brosse un portrait doux et aimable de Maria, ma petite mère de substitution, la maîtresse de mon oncle Gérard. « Mais ton oncle est homo !, dit-il. — Et alors ? moi aussi, parfois, je couche avec des filles, ça ne veut rien dire. » Je parle de ma liaison avec Clara, précisant qu'elle venait de me quitter pour remettre le couvert avec son ex, Yannis, mon demi-frère ! Je conclus avec mon enlèvement, hier soir, sur le chemin qui me conduisait au concert. Yannis m'avait suivie dans la rue et endormie au chloroforme pour me conduire dans une baraque en banlieue de New York. Alessandro essaie de comprendre pourquoi Yannis a déployé de tels moyens pour me parler ! « J'imagine qu'il se sent plus fort lorsqu'il endosse son costume de voyou... »

Une heure plus tard, tous ses potes sont partis, même Camille, c'est la seule qui ne lui a pas dit au revoir !

Nous avons passé quelques heures, Alessandro et moi, dans ce bar à discuter en nous regardant dans les yeux comme des merlans frétillants. Juste avant de partir il m'a donné ce conseil : « À ta place, je sauverais mes fesses ! Ton Yannis est un fou furieux, il va tous vous flinguer. » J'ai éclaté de rire si soudainement qu'un feu d'artifice de pinard est sorti de ma bouche. Mille petites gouttes de vin sont allées s'écraser lamentablement sur sa chemise de concert, blanche. Il riait encore plus que moi. J'ai choisi ce moment-là pour faire le tour de la table et l'embrasser.

Nous sommes ensuite rentrés chez moi et ne nous sommes pas quittés, ni de la nuit, que nous avons passée à parler de tout, ni du jour où nous avons développé les sujets de la nuit ! Nos portables étaient restés éteints. L'interphone avait bien sonné une ou deux fois, nous n'avions pas bougé. Nous nous sommes embrassés, enlacés, prélassés. Nous avons écouté beaucoup de musique : les quatuors à cordes de Britten, le *Don Juan* de Mozart, les *Nuits d'été* de Berlioz, il est rentré à son hôtel promettant qu'on se reverrait tout à l'heure. C'était bien, comme de naître. C'était plein d'esprit, de rires, d'envies et d'espoir. Je suis allée me coucher, en rêvant à lui.

Final

Je me réveille brutalement. Je ne suis pas seule dans ma chambre... deux silhouettes sont dressées aux pieds de mon lit ! À cet instant je préférerais mourir plutôt que d'éprouver une telle peur. Dans un réflexe, je m'assois et saisis l'un de mes oreillers pour le serrer très fort contre moi. Les deux spectres ne bougent pas, l'un d'eux ouvre la bouche . « Désolée, je ne voulais pas te déranger... » C'était Clara ! « Qu'est-ce que tu fais là, Clara ? Et qui est avec toi ? » Je tremble de la tête aux pieds, encore sous le coup de cette frayeur ! J'allume la lumière et aperçois Yannis. Que font-ils à cinq heures du matin dans ma chambre ? Yannis a la tête d'un gosse qui vient de se faire prendre la main dans le sac de sa mère. Clara a un air de fille perdue qui cherche son chemin. Elle pensait l'avoir trouvé en venant récupérer ses affaires chez moi, je vois maintenant dans ses yeux qu'elle a un doute. Yannis serait-il venu à New York dans le seul but de récupérer de l'argent et sa fiancée ? Et Clara ?

Pourquoi Yannis ? Pourquoi lui ? Après tout, si elle aime les claques !

Je n'ose rien dire. Personne n'ose rien dire. Une fois encore, ce n'est pas moi que cela gêne le plus. Je meuble le silence en imaginant les sculpter tous les deux. En scrutant le visage de Yannis, je vois un homme qui a eu le courage de renoncer à sa mère. Il faudra que je me souvienne de ce visage calme. Je lui glisse un petit : « Ça va ? » Il répond en haussant les épaules. Je leur demande doucement : « Vous partez ? Bon, à bientôt alors... » J'entends Clara déposer son trousseau de clefs dans le vide-poche de la table du rez-de-chaussée. Je vais tout de même vérifier. Je ne devais plus jamais les revoir.

Je suis restée encore quelques mois à New York le temps de réaliser la commande pour Mhelsea. Un matin, Maria m'a annoncé la mort de mon vieux Platon. Je suis rentrée à Paris pour assister à son enterrement, j'étais seule, c'est la vie, me suis-je dit. Mes parents n'ont jamais rien su concernant Yannis, pourquoi leur en aurais-je parlé ? Gérard, mon oncle, a fait voyager l'exposition de New York dans le monde entier. Il continue à faire fortune sur mon dos. J'ai appris récemment que Mhelsea et John venaient d'avoir leur troisième enfant. Lui m'envoie encore quelques mails, en cachette, auxquels il m'arrive de répondre, mais le cœur n'y est plus. Quant à Samantha, elle me fait toujours de l'œil, à la une des magazines.

Mon histoire avec Alessandro n'a pas duré. Selon lui, ma vie était trop envahie par tous ces corps d'hommes et de femmes que j'avais dénudés, il les a opposés à mon désir de l'aimer. Grâce à lui, j'ai réalisé ma dernière œuvre taboue : une femme enceinte caressant le sexe dur de son amant.

Aujourd'hui, je cherche dans la glaise et la pierre le sens du mot aimer.

Table

La photocomposition de cet ouvrage
a été réalisée par
GRAPHIC HAINAUT
59163 Condé-sur-l'Escaut
et imprimé sur presse Cameron
par **Bussière**
à Saint-Amand-Montrond (Cher)
pour le compte des éditions Plon
76, rue Bonaparte
Paris 6e
en mars 2006

Imprimé en France
Dépôt légal : mars 2006 – N° d'édition : 14016
N° d'impression : 061134/1